J'OUBLIE DONC JE SUIS...

LIONEL LAFAYE

Auteur / Editeur
Lionel LAFAYE
3 Rue Maucomble
30000 NÎMES

Lionel.lafaye@free.fr
Tel : +33 675555613
ISBN : 978-2-9533830-2-7

" *Nous sommes faits d'un étrange mélange d'acides nucléiques et de souvenirs, de rêves et de protéines, de cellules et de mots.* " - François Jacob, prix Nobel de médecine. –

Un grand merci à mes lecteurs correcteurs, Florence Kampfer et Julien Lafaye, qui ont eu la gentillesse et la patience de relire le manuscrit de cette édition. Leurs corrections et leurs conseils ont été particulièrement précieux.

Table des matières

PENSE BETE

L'oubli s'immisce partout, discret, silencieux, un peu comme des taches de rousseur ou plutôt comme des fleurs de cimetière. Lorsqu'on s'en aperçoit, il est déjà là depuis quelque temps. On n'a rien vu venir, il s'est fondu dans le décor, sans bruit, sans fureur, sans raison apparente.

L'oubli peut prendre différentes formes. J'ai oublié mes clés, mon numéro de téléphone, mon adresse, mon nom, celui de mon conjoint. Ai-je des enfants finalement ? Un chat ? Un chien ? La situation peut être bêtement ordinaire, et l'oubli fait sourire, dans quelques cas il peut agacer, mais il peut aussi prendre une tournure plus tragique, oublier qui je suis, qui sont les autres. De banal et anodin il se transforme en pathologie, Alzheimer et autres dégénérescences du cerveau. L'oubli fait peur alors, car il pourrait bien nous anéantir, nous faire sombrer dans la folie.

Si je ne suis pas à l'abri de ces angoisses, qui s'accentuent au fur et à mesure que les années s'accumulent et que la possibilité d'une dérive totale dans le royaume du néant cérébral se fait de plus en plus plausible. Si je ne suis pas non plus exempt des oublis du quotidien, causes d'énervements et de remarques accusatrices : « Alors ? Et bien ?... Ne me dis pas que tu as encore oublié ! » Si ! Je revendique même le droit à l'oubli. J'ai décidé, quoiqu'il en coûte de chercher mes oublis. À la façon d'un détective, qui recueille des indices et reconstitue l'enchaînement des faits. Sans utiliser d'artifices, pas de recherches dans de quelconques archives, les faits et seulement les faits. Pas de témoignages non plus, je me dois de rechercher mes propres oublis, ou du moins ce qu'il en reste.

Si rien ne doit affecter ce puits sans fond, dans lequel ont disparu des pans entiers de ma vie, je me donne le droit (le devoir) de rechercher où bon me semblera, des informations techniques qui pourraient m'indiquer comment diable fonctionnent ces oubliettes. Car les questions seront nombreuses. Quid de la mémoire par exemple, y en a-t-il plusieurs ? L'imagination est-elle une composante de nos souvenirs et de nos oublis ? Inventons-nous des oublis, au même titre que des souvenirs ? Pourquoi ? L'homme sans oublis, grâce à des sauvegardes journalières du cerveau, existera-t-il un jour ?...

A BICYCLETTE

À la recherche des souvenirs oubliés, j'ai immédiatement pensé que cette quête portait en elle-même une étrange contradiction. Si je retrouve ce que j'avais oublié, alors ce n'est plus oublié, je sens comme un paradoxe. Certes, c'était oublié et je l'ai retrouvé, un peu comme l'on retrouve ses clés, ou un album de photos laissé au fond d'un placard. Si je retrouve, c'est bien que ce n'est pas perdu, mais seulement rangé en un endroit que je ne soupçonnais pas. En revanche, si j'ai perdu un souvenir de façon irrémédiable, comme on perd ses clés sans jamais les retrouver, voilà qui est plus définitif. Malgré tout, comment avoir la certitude qu'il s'agit d'un simple oubli, d'une perte définitive, ou que quelqu'un de bien intentionné ne va pas me ramener mes clés, après tout ?

L'oubli, qu'il soit momentané ou définitif, a-t-il un quelconque intérêt ? J'imagine bien que mon cerveau fait le ménage de temps à autre. Garder en mémoire tous les prénoms, les visages, les livres, les films, les repas, les paysages, les musiques, les chansons, les cris, les pleurs… quel intérêt ? Quelle horreur ! Et puis comment s'y retrouver ? D'accord l'oubli est vital, garder en mémoire la tête antipathique de ce directeur abject, ou l'odeur qui se dégageait de cette élève, à mi-chemin entre l'œuf pourri et la viande avariée, quelle torture. Le temps a patiné tout ça, les images, les sons, les odeurs se sont estompés, virtualisés.

Mais comment se fait le tri ? Qu'est-ce que mon cerveau garde précieusement dans un coin protégé de ma mémoire, bien empaqueté à l'abri de l'oubli ? Le bon sens me ferait dire qu'en bon esprit cartésien, je dois conserver ce qui est utile. C'est-à-dire riche d'enseignement ou chargé émotionnellement : le jour où j'ai appris que le Père Noël n'existait pas, la première fois que j'ai fait du vélo à deux roues….

La première fois que je me suis élancé sur deux roues, remonte aux années soixante-dix, je pense, au tout début. Impossible de donner plus de précision sur la date de cette prouesse. En revanche, je sais parfaitement où s'est déroulé cet évènement. Les hasards de la vie font que j'habite et travaille à Nîmes où j'ai également vécu une partie de mon enfance. Quelques fois je passe devant le lieu de l'exploit. Ceci a dû contribuer au fait que ce souvenir reste encore très présent. Mon père avait enlevé les deux petites roues fixées à l'arrière du vélo en me disant quelque chose comme : maintenant tu es grand, tu peux « faire du vélo à deux roues ». Je devais avoir entre cinq et sept ans, enfin je pense. Sur le terrain de basket du Mont du Plan, un après-midi de printemps, d'été ? Un jeudi ? (c'était le jour où les enfants n'allaient pas à l'école à cette époque), bref c'est sans importance. Ma mère me tenait pour que je puisse faire du vélo, elle se positionnait à l'arrière et me suivait tout en me tenant l'épaule d'une main et le vélo de l'autre. Je pense que je maudissais mon père d'avoir enlevé ces fichues roues et que ma mère languissait que je me débrouille tout seul avec cette foutue bicyclette. Et là je commence à pédaler plus fort, ma mère me dit : « Lionel ne va pas si vite je vais te lâcher…. ». Et quelques secondes après : « Je te lâche… ». Et j'ai continué à pédaler par miracle sur mes deux roues. Avec le temps il est possible et même certain que j'ai un peu idéalisé cet instant, mais je me plais à penser que ce souvenir est plutôt fidèle à la réalité. En tout cas, ce fut une explosion de joie, j'ai dû faire plus d'une dizaine de fois le tour du terrain de basket. La vitesse, l'équilibre, la liberté, des sensations toutes neuves, ça ne s'oublie pas.

Une première fois, je peux comprendre que l'on ne l'oublie pas. Après la première fois, il n'y a plus moyen de revenir en arrière, ces premières sensations ne seront jamais les mêmes par la suite. Le cerveau doit garder ça quelque part comme un trophée. Bien que les premiers coups de pédales sur un vélo soient finalement relativement anodins. Pour le gamin que j'étais, cet évènement avait toute son importance. Et puis est-ce vraiment si anodin ? J'ai connu il y a une vingtaine d'années une étudiante en formation adulte comme moi à l'université Paul Valéry de Montpellier. Nous préparions une licence en sciences de l'éducation. Et bien j'ai appris au hasard d'une discussion qu'elle ne savait pas faire de vélo. Cela me semblait inimaginable, je me suis dit qu'il y avait donc d'autres personnes qui ne savent pas faire de vélo et qui ne sauront jamais.

Certains souvenirs sont restés dans ma mémoire et pourtant je les trouve bien anodins. Que font-ils là ? Ils n'ont pas été triés, éjectés, effacés pour faire de la place ? À quoi servent-ils ? Et parmi tous ceux qui ont sombré dans l'oubli, n'y en a-t-il pas qui méritaient d'être sauvegardés quelque part ? Car en fait, je n'ai pas la sensation d'avoir le choix. Tout ceci se fait malgré moi. Je ne choisis pas à la fin de la journée ce que je vais garder ou jeter. Quelques fois je me dis : « ça il faut que tu t'en rappelles… » Vœux pieux. En quelques jours, j'ai carrément oublié l'objet de ce souvenir si important à conserver et quelques jours plus tard encore je ne sais même plus que j'avais projeté de garder un souvenir. Peut-être faudrait-il noter ce dont on veut se rappeler avec tant d'intensité. Mais un souvenir noté par écrit aujourd'hui sera-t-il un souvenir demain. Je vais en faire l'expérience tout de suite.

Dimanche dix-sept mai deux mille quinze, je suis allé courir dans Nîmes. Je suis parti seul, car ma compagne Sabine, s'est fait mal au mollet jeudi dernier lors de l'un de nos footings. Je me dis qu'il faut donner quelques détails, ça devrait permettre de mieux se souvenir de l'histoire. Des détails connexes, car l'évènement lui-même est assez anodin. Il pourrait se résumer à : départ onze heures vingt environ, circuit passant par le jardin de La Fontaine, arrivée par le haut, c'est-à-dire la Tour Magne, descente dans les allées, deux tours en bas du jardin le long des canaux, aller-retour des allées Jean Jaurès, puis rue Émile Jamais, boulevard Victor Hugo, Arènes, Esplanade, boulevard Amiral Courbet, boulevard Gambetta, rue de la

Lampèze et retour à la maison rue Maucomble. Arrivée à douze heures vingt et une, durée du parcours : une heure et une minute, vitesse moyenne : neuf virgule trois kilomètres-heure. Le parcours est enregistré sur mon smartphone, puis envoyé sur un cloud, c'est du sérieux. Un souvenir inoxydable, mais en l'état, c'est un peu comme un compte rendu de filature par un détective.

Donc en plus il faut que je me rappelle que l'on a pas mal ri du mollet de Sabine, est-ce une élongation ? Un claquage ? Elle a même pensé à une phlébite, il parait que ça peut arriver suite à un claquage, ou une élongation, je ne sais pas vraiment. En tout cas au moment où la douleur survient il ne faut surtout pas masser énergiquement, ça pourrait faire remonter un caillot dans le cœur, ce qui pourrait être fatal. Bref soucieuse de cette douleur nouvelle, Sabine a cherché les causes de son mal sur Internet... j'ai trouvé ça assez drôle, d'autant plus qu'elle n'est pas spécialement hypocondriaque ou peureuse sur les sujets de santé, alors que moi oui. Cela fait quatre ou cinq semaines que l'on s'est mis en tête de courir une fois par semaine si on peut. Nous n'avons jamais été de grands sportifs, mais bon, on s'est dit qu'il fallait bouger un peu.

C'était la première fois ce matin-là que je partais seul, j'ai donc expérimenté un nouveau circuit, j'avais mis les oreillettes et j'écoutais le dernier album que j'ai téléchargé sur mon cloud : The Wanderings of the Avener. Album d'un tout nouveau Dj dont j'ai lu un article dans le Monde cette semaine. Temps magnifique, venté, ciel bleu, sensation de bien-être en courant, pas vraiment de difficulté sauf sur la fin, car en plus ça monte. Courir dans la ville, avec la musique, des supers chaussures, un petit short de running, le tee-shirt anti transpirant, les lunettes de soleil. Passer devant les mythiques Arènes de Nîmes, que je connais depuis des années, c'est vrai, mais soudain j'ai mesuré mon immense chance. Et je me suis dit : j'aimerai bien me souvenir de cette course matinale si paisible, si rafraîchissante, mais quelle chance j'ai de pouvoir faire ça en partant en courant de chez moi ! Et puis je me suis dit, comme je travaille sur la mémoire, les souvenirs, et les oublis principalement, pourquoi ne pas noter un souvenir tout neuf, juste naissant, à la limite du souvenir.

Mais j'ai bon espoir, car il s'agit bien d'une première fois après tout, et même plusieurs premières fois. Première fois que je vais courir tout seul, depuis que l'on s'est mis à courir avec Sabine et depuis plus longtemps que ça d'ailleurs. Première fois que j'écoute de la musique en courant, il n'y a pas d'âge pour découvrir des choses agréables. Première fois que je fais ce circuit en ville. Et puis je suis passé à environ six cents mètres du terrain de basket où j'ai fait pour la première fois du vélo à deux roues, il y a environ une quarantaine d'années.

ET BOUM

L'idée de parler de l'oubli n'est pas arrivée comme ça par hasard, comme toutes les idées certainement. La question de l'oubli n'est pas nouvelle pour moi. Dire qui l'on est, exprimer qui je suis, nécessite de se référer à des souvenirs, des connaissances, des idées, bref tout un tas de choses déposées dans les mémoires de notre cerveau. Je ne suis pas qu'un corps, une voix, des attitudes, mais la compilation de tout ce que j'ai vécu, vu, dit, imaginé, ressenti... Oublier c'est disparaître, ne plus exister, le néant.

J'aime beaucoup les œuvres de Georges Perec et bien évidemment j'ai lu, relu, parcouru, l'excellent : « Je me souviens. » Cet auteur à part dans la littérature française, au même titre que Jean Queneau, tous deux membres de l'OULIPO (Ouvroir de Littérature Potentielle), est un adepte des listes, et de toute contrainte littéraire de haut vol. Perec liste des souvenirs au hasard de leur remontée à la surface de sa mémoire et les numérote. Refusant de classer par catégories ses réminiscences du passé, il les met toutes sur le même niveau, simplement identifiées par un numéro, comme on numérote les pièces à conviction d'une scène de crime. Comme Perec recense tout ce qui lui revient en mémoire, à la manière d'une discussion entre amis autour de quelques verres, partageant des anecdotes ou des souvenirs dont le seul point commun serait l'époque approximativement identique. « Je me souviens de l'émission Bonne nuit les petits, tu te rappelles, c'était en noir et blanc. » « Oui c'est vrai, mais ça passait à quelle heure déjà ? » Nous possédons tous des quantités insoupçonnées de souvenirs, anodins, précieux, inavouables, plus ou moins agréables. Mais nous possédons aussi au moins autant d'oublis, peut-être plus. Prenant le contre-pied de Georges Perec, j'ai pensé que les oublis avaient aussi un intérêt particulier, et qu'il fallait se pencher sur cette question sans tarder. Mais pour

trouver mes oublis, il me faut bien partir de quelque chose, il semble bien que le souvenir reste un incontournable.

Il y a quelques années, c'était au début de l'Internet à peu près, disons au début des années deux mille. Je me lançais dans la réalisation d'un site Internet. L'idée était de parler des souvenirs mathématiques, toujours en référence à Georges Perec. Je consignais là des histoires vécues en classe avec mes élèves de BEP et de BAC PRO (à l'époque il me semble que c'était encore le BTA). Parmi les quelques souvenirs que j'ai relatés, il m'en reste un en particulier.

À l'occasion d'une fin d'année ou d'une veille de vacances, je ne me souviens plus exactement, je proposais aux élèves de résoudre des énigmes, comme celle-ci par exemple : « Un nénuphar double de surface tous les jours. Au bout de trente jours, il a recouvert la totalité du lac sur lequel il est posé. Au bout de combien de jours avait-il recouvert la moitié du lac ? » Puis à court d'inspiration et de mémoire surtout, je demandais à des élèves de proposer des énigmes. Ce jour-là, un(e) élève propose un problème : il (elle) va au tableau et dessine trois maisons. En dessous, il (elle) dessine un carré sous chaque maison, avec écrit dessus « EAU », « GAZ », « ELETRICITE ». Puis il (elle) nous dit : « Il faut relier chaque maison à l'eau, au gaz et à l'électricité, sans croiser les traits. »

Un premier élève pensant avoir trouvé va au tableau et se lance dans l'exercice, mais au moment de relier le dernier carré à la dernière maison, il se voit dans l'impossibilité d'y parvenir sans croiser un autre trait. Un défilé se met alors en place chacun apportant sa solution, apparemment différente des autres, commençant par la maison du milieu, ou celle de gauche, reliant tous les carrés à la même maison puis continuant avec les autres, faisant d'abord deux maisons puis la troisième en dernier. Rien n'y fait, il reste toujours une maison sans eau ou sans gaz ou sans électricité, un seul trait fait tout capoter. Je me lance aussi dans la partie, sans succès. Jusqu'à ce que l'élève qui avait proposé ce casse-tête finisse par dire : « mais de toute façon, je crois que c'est impossible. » L'engouement est soudain tombé, si c'est impossible, à quoi bon insister finalement.

Pour moi le problème restait entier, y avait-il une solution ? Ou au contraire le problème était-il vraiment insoluble ? Comment prouver qu'il n'y a pas de solution ? Quelqu'un a-t-il déjà répondu à la question ? Mais de quelle branche des mathématiques s'agissait-il ? Je ne savais pas comment prendre ce problème, d'autant plus que mes recherches sur le sujet ont commencé un peu avant la formidable ressource que constitue Internet. C'est donc par le plus pur des hasards qu'une piste s'est imposée, grâce aux souvenirs de Perec. Ainsi dans « je me souviens », le souvenir numéro 292 indique : « Je me souviens des heures que j'ai passées en classe de troisième je crois, à essayer d'alimenter en eau, gaz et électricité, trois maisons, sans que les tuyaux se croisent (il n'y a pas de solution tant que l'on reste dans un espace à deux dimensions) ; c'est un des exemples élémentaires de la topologie, comme les ponts de Koenigsberg ou le coloriage des cartes. »

Les indications de Perec furent suffisantes pour que je remonte le fil de l'histoire des maisons et de leur alimentation en eau, gaz et électricité. Au final le problème est bel et bien impossible sur une surface classique comme celle du tableau, par contre il existe une solution sur un tore, c'est-à-dire une sorte de chambre à air, avec un trou au milieu. La topologie traite de tout ce qui concerne les liaisons entre différents éléments. Cette branche des mathématiques est utilisée pour rechercher le trajet le plus court ou le plus rapide en divers points d'un pays, ou du globe, ou de ce qu'on veut. Mais il peut aussi s'agir de vérifier si des liens se croisent entre différents éléments, comme pour les maisons avec leur compteur d'eau, de gaz et d'électricité ou les ponts de Koenigsberg, célèbre problème résolu par le formidable mathématicien suisse : Euler.

Le souvenir à première vue anodin de Georges Perec, portant le numéro 292, m'a permis de dire avec certitude que le problème était impossible. Par la même occasion, j'ai découvert la topologie, mais aussi son inventeur : Euler. Pourtant aujourd'hui, j'ai oublié une grande partie de ce que j'avais découvert, par exemple le théorème permettant d'indiquer si l'on peut relier des éléments sans croiser les droites, est tombé dans les limbes. Néanmoins, il doit rester quelques pages de mon site oublié sur le réseau, car je ne crois pas avoir gardé de traces de mes écrits sur un ordinateur.

En fait, il me reste l'histoire de cette recherche qui m'avait pris pas mal de temps. Il y avait comme une sorte de défis à relever : le problème était certainement impossible, mais comment en être sûr ? J'étais face à une interrogation simple, mais au combien difficile à résoudre. D'ailleurs, je n'ai rien résolu, j'ai juste trouvé la preuve apportée par un mathématicien, dont je ne me souviens plus du nom. Ma mémoire a gardé une sorte de squelette, une suite d'évènements constituants une histoire qui m'a touché d'une certaine façon. Ce cheminement dans le savoir m'a toujours fasciné, mes recherches se chargent d'une certaine émotion, ainsi se construit une histoire un peu comme une enquête. Et enfin la découverte, l'aboutissement. Le cerveau semble se délecter de ces situations, il en garde les couleurs, la saveur, la partie racontable. Un peu comme dans les sociétés de tradition orale, comme la Grèce antique ou les sociétés africaines, transmettant le savoir de génération en génération sans support écrit. Il s'agit avant tout de raconter une histoire, sur laquelle la patine du temps fait son œuvre.

Je garde ainsi des souvenirs dont l'intérêt n'est plus de constituer un savoir précis, utilisable, mais plutôt de garder la trace d'un cheminement m'ayant amené à découvrir un savoir particulier. Je découvre alors en cherchant ce que j'ai oublié, que le savoir, la connaissance, a depuis longtemps constitué pour moi une quête particulière. Ainsi je me souviens qu'au collège, certainement en quatrième ou troisième, j'avais eu un gros dictionnaire Larousse, c'était certainement en 1980. J'étais impatient de l'avoir pour chercher la recette de la poudre à canon : soufre, salpêtre et charbon de bois. À cette époque, on jouait beaucoup avec un de mes copains d'école (Olivier Trucchi) à faire sauter des soldats, des boîtes de conserve, etc., avec des pétards à mèche. Nous n'avons jamais réussi à faire de la poudre à canon. Pourtant la grand-mère d'Olivier devait en être persuadée, car un mercredi après-midi alors qu'on jouait autour de la maison, la vieille dame sort sur le balcon en disant « qu'est-ce que vous avez fait péter encore ? » En fait, l'explosion n'était pas de notre fait, c'était un avion qui avait franchi le mur du son. Je garde une petite fierté de cet évènement, penser que nous étions capables de provoquer une telle explosion, à peine âgés de quinze ou seize ans, c'est plutôt agréable. J'ai trouvé plein d'autres choses dans ce dictionnaire, comme l'école péripatéticienne d'Aristote, ou des proverbes latins dans les pages roses, j'en ai appris un par cœur pour frimer à la récrée : « Véritas odium parit » (je ne garantis pas l'orthographe), la franchise engendre la haine. D'ailleurs, je n'avais pas vraiment compris cette phrase au premier abord.

Cependant, il me serait assez facile de retrouver les éléments oubliés de cette histoire de maisons et de topologie par exemple et de reconstituer le savoir mathématique qui s'y rattache. Je me dis alors que colorer les apprentissages avec des expériences telles que celle-ci, permettrait de graver durablement dans les mémoires des élèves et des étudiants, des savoirs scientifiques, littéraires… même si l'oubli s'empare de la partie savante, il restera la petite histoire, c'est elle qui servira de guide pour reconstituer les formules, les théorèmes, les noms, les lieux, les dates. En tout cas, la saveur sera encore perceptible et entre les trous façonnés par le temps il restera certainement des bribes de satisfaction, de fierté aussi, enfin de quoi réactiver le cerveau engourdi par les années.

En ce qui concerne la poudre à canon, étrangement je ne l'ai jamais oubliée, ça peut rendre service au Trivial Poursuite peut-être. Par contre, je suis certain aussi que nous n'avons jamais rien fait exploser avec ça, donc pour s'évader d'une cave dans laquelle il y aurait tous les ingrédients et où on vous aurait enfermé, pour je ne sais quelle raison, cherchez un moyen plus efficace, comme une barre à mine ou une clé, bien souvent on en planque une à l'intérieur. Peut-être que l'explosion ne tient qu'à un problème de proportions entre les ingrédients, mystère.

DIS-MOI COMMENT TU T'APPELLES...

La mémoire des évènements semble plus fiable que la mémoire des théorèmes mathématiques, des règles de grammaire ou encore des tables de multiplication. D'ailleurs combien de fois ai-je entendu mes parents me dire : « Les publicités tu t'en souviens, mais les leçons, c'est autre chose... » Certains souvenirs s'enracinent de façon particulièrement durable, d'autres sont plus volatiles. Faisons un peu de théorie, un peu seulement, et voyons rapidement ce qu'on appelle « la mémoire. »

Distinguons déjà deux types de mémoire, la mémoire à court terme et la mémoire à long terme. La mémoire à court terme est impliquée dans de multiples activités du quotidien, comme retenir un numéro de téléphone avant de le noter sur un formulaire, faire un calcul mental, mémoriser temporairement les ingrédients d'une recette. Limitée dans le temps environ dix secondes, elle est aussi limitée dans la quantité des informations que l'on peut y stocker. On parle souvent de sept plus ou moins deux informations contenues dans la mémoire à court terme, cette expression provient du titre de l'article du psychologue George Miller : « The magical number seven, plus or minus two : Some limits on our capacity for processing information. ».

La mémoire à long terme, est composée, semble-t-il, de différents registres. Ainsi la mémoire épisodique est plus particulièrement dédiée aux souvenirs, elle enregistre les évènements auxquels nous sommes confrontés. Je me souviens du film que j'ai vu la semaine dernière ou du bon restaurant que j'ai découvert hier au soir.

Un autre registre appelé mémoire sémantique permet de stocker des connaissances plus formelles, comme le théorème de Pythagore, ou le fait qu'une voiture est un véhicule possédant un moteur, permettant de se déplacer...

Un troisième registre nommé mémoire procédurale permet de stocker les savoir-faire. J'ai appris à jouer aux échecs ou à tricoter des pulls. Si je reprends ces activités après plusieurs années d'arrêt, je n'ai pas besoin d'apprendre à nouveau, tout comme le vélo.

Tout ceci est un peu théorique et ces différentes mémoires entretiennent entre elles de nombreux liens que les chercheurs tentent de démêler, afin de soigner les patients victimes de la maladie d'Alzheimer par exemple. Ainsi je me souviens du jour où j'ai fait pour la première fois du vélo sur deux roues, mémoire épisodique, et depuis je sais faire du vélo, mémoire procédurale. Cette dernière semble particulièrement fiable, peut-on oublier comment on fait du vélo ou comment on joue au piano ? Tout au plus, on perd en performance.

Il y a donc ce que j'oublie sans le vouloir et ce qu'il m'est impossible d'oublier, même si je le voulais. J'ai oublié le prénom de la première fille que j'ai embrassée sur la bouche, mais je sais qu'elle habitait dans un village appelé Quissac dans le Gard, que j'aimais bien son odeur et la sensation de sa bouche sur la mienne. Souvenirs de douceur, d'onctuosité, fierté d'avoir enfin une petite amie. Je me souviens que ça n'a pas duré. Ma mémoire épisodique me joue des tours, quoique, le prénom finalement on le stocke dans quelle mémoire ? J'ai appris à embrasser ces jours-là, mémoire procédurale, ça, c'est toujours là. J'ai appris que la relation amoureuse ne se limitait pas à quelques baisers, mémoire sémantique ?

Nous ne mémorisons pas les mêmes choses, nous ne nous souvenons pas des mêmes évènements, nous ne développons pas les mêmes habiletés mémorielles. Pour ma part, j'ai quelques difficultés de mémorisation et plus particulièrement pour ce qui est des prénoms et des dates. L'inconvénient est que l'oubli des prénoms pose rapidement des difficultés lorsqu'on veut s'adresser à quelqu'un. J'ai donc développé toute une rhétorique me permettant de m'adresser à quelqu'un sans montrer que je ne sais plus comment il s'appelle. Un ami, qui a parfaitement remarqué ce défaut de mémoire, me disait sur le ton de la plaisanterie « J'adore, tu ne te rappelles de personne, un jour tu es capable d'oublier comment je m'appelle. » Ce à quoi j'ai répondu « C'est quoi ton prénom déjà ? »

Étant dans l'enseignement il est important que je mémorise les prénoms des élèves, mais chaque année il y en a de nouveaux, c'est l'excuse que je mets en avant pour me faire pardonner mon outrecuidance. Mais je ne suis pas dupe, il s'agit là d'une fausse excuse. Mes collègues, pour certains aussi anciens que moi, retiennent bien mieux les prénoms des élèves. Heureusement qu'ils sont là, ainsi je peux me fier à leur mémoire. En y réfléchissant bien, cette défaillance n'est pas récente chez moi. Lorsque j'étais moniteur de colonies de vacances, j'avais le même souci, et je m'étais inspiré de l'astuce d'une monitrice, qui confrontée au même problème appelait les enfants « Néné » sorte de diminutif passe-partout, adapté aux centres de vacances, mais pas particulièrement ailleurs.

La mémoire des prénoms, cela peut paraître futile, pourtant sans nom ou sans prénom, impossible de retrouver la personne. L'ancien élève, la première fiancée, l'instituteur de CM2…, des quantités extravagantes de prénoms et de noms, notamment d'anciens élèves que j'aurais bien revus après toutes ces années, sont perdues certainement à jamais. Ceux avec lesquels on avait fait un voyage en Ardèche, cette classe avec laquelle on avait fait un séjour dans une maison de campagne prêtée par la tante ou les grands-parents, je ne me souviens plus. Nous avions longuement discuté le soir venu, sur la vie, les enfants… Cet élève qui était venu à la maison pour travailler son rapport de stage, cet autre qui m'avait invité quelques années après son examen, à le retrouver avec une partie de la classe, au Bar de la Grande Bourse à Nîmes… et tant d'autres.

Sans noms, impossible de faire la moindre recherche. Ayant changé d'établissement, impossible de demander à mes actuels collègues. La recherche est certainement possible, mais compliquée, alors que la simple mémoire d'un nom permettrait de résoudre le problème en quelques minutes. C'est peut-être mieux ainsi après tout. Si je n'ai plus les prénoms, j'ai les souvenirs, enfin quelques-uns. Garder autour de soi des personnes qui ont vécu les mêmes évènements, ça permet de récupérer en mémoire un tas d'histoires oubliées, voire de les réinventer, peu importe.

Les mystères de l'oubli et de la mémoire sont quelques fois si étranges. Tous ces prénoms et ces noms oubliés, ma première « petite amie » ne me laisse que le nom de son village, et pourtant je me souviens de Jules, le poisson rouge de mon fils et de Junior le nom de mon premier chat. Il semble que le temps ne fasse rien à l'affaire.

CAFE DE M...

On peut vivre les mêmes choses et ne pas avoir les mêmes souvenirs. Question de sensibilité, de centres d'intérêts ? Sans doute. Quelques fois, cela se traduit par des désaccords sur la façon dont se sont passés les évènements. Les discussions peuvent être houleuses, voire, passionnées. Un jour, un copain de lycée, que je n'avais plus vu depuis des années, me soutenait mordicus que nous étions toute une équipe en Terminale, à fumer la pipe. Connaissant les défaillances récurrentes de ma mémoire, ayant pris pour habitude de me fier plus ou moins aveuglément à celle des autres, je ne le contredis pas. Puis je finis par lui demander s'il est bien certain de ce qu'il dit, car : petit a : je suis certain d'avoir fumé des cigarettes roulées, oui, mais la pipe, j'ai gouté et je trouve ça dégueulasse. Petit b : je n'ai aucun souvenir d'avoir fumé la pipe au lycée, par contre je me souviens d'un gars qu'on surnommait « Le gardian », quelqu'un de très volubile, plutôt brut de décoffrage, avec bottes camarguaises et chemises du même style. Lui, il fumait la pipe c'est certain.

Eh bien non, il a insisté, j'ai donc acquiescé, et puis ça ne me gênait pas d'avoir fumé la pipe au lycée même si c'était plutôt le fruit de l'imagination de... je ne me souviens plus de son prénom en fait. Cette rencontre remonte à plus de vingt ans, mais je me demande si cet ancien camarade de lycée n'avait pas finalement inventé cette histoire de pipe. Quel intérêt ? Montrer que nous étions branchés, qu'on délirait comme des étudiants. En nous imaginant avec la pipe au début des années quatre-vingt, ça donne un air de nostalgie années soixante-dix, un peu gauchos, engagés, politisés. Et bien pas du tout, enfin pas vraiment. Parfois, on oublie, et c'est souvent mon cas, parfois on invente, on enjolive, sans en avoir toujours vraiment conscience d'ailleurs.

En juin 2014, je vais aux « cinquante ans » d'un centre de formation dans lequel j'ai travaillé pendant vingt ans de 1987 à

2007. Cela peut paraître incroyable que je me souvienne de ces dates avec autant de précision, enfin venant de moi, pour quelqu'un qui me connaît, ça relève de l'exploit. Parfois, le hasard des nombres nous vient en aide. Il s'avère que j'ai le même âge que cette école, et que j'y suis resté pile vingt ans. Trop facile. À cette occasion, on rencontre des anciens élèves, qui m'ont redit leur prénom, bien entendu. L'un d'entre eux me prend à partie et me rappelle que je lui avais mis un avertissement.

Et bien, je m'en rappelle, car c'était le premier avertissement que je mettais et cela devait être la première année certainement, c'est-à-dire en mille neuf cent quatre-vingt-sept. Par contre, je ne savais plus pourquoi, mais je sais que l'élève en question, dont j'ai déjà oublié les civilités, avait beaucoup contesté, clamant son innocence. Finalement, cet évènement m'a servi de leçon. Un avertissement, ça ne se donne pas comme ça. Puis j'ai oublié cet incident jusqu'à ce jour de juin deux mille quatorze, où ce grand garçon, avec vingt-sept ans de plus, me rappelle cette injustice manifeste, me révélant les détails de l'affaire. Un an plus tard, j'ai oublié l'essentiel de cette histoire.

Par contre, le souvenir de cet avertissement a semble-t-il, marqué à vie cet ancien élève. Nous ne donnons pas la même importance aux mêmes évènements. Qu'un fait aussi anodin ait pu marquer quelqu'un ainsi, m'a fait réfléchir. Nous avons chacun nos sensibilités, mais le sentiment d'injustice, qu'il soit fondé ou non, reste profondément ancré dans notre mémoire. Certains mots ou actions perçus comme blessants s'inscrivent durablement en nous.

Dans cette même école, où je suis retourné au printemps deux mille quinze, je vais dans les cuisines dire bonjour à l'une des cuisinières qui est encore là, l'autre étant partie à la retraite. Elle me voit. Surprise, elle ne me reconnaît pas immédiatement. Ma coupe de cheveux a changé, et elle me dit avec une gouaille toute méditerranéenne, « Alors ! Café de merde ! Tu te souviens !? » Oui je me souviens, mais pas précisément en fait. C'était certainement à la fin des années quatre-vingt. Je vais à la cuisine de l'école où il y avait une pièce pour le personnel, et je me sers un café. J'étais certainement à la bourre, bref, le café était froid ! J'étais tellement surpris que j'ai dû certainement le recracher dans mon verre en m'écriant « Café de merde ! » Un cri du cœur. Au final je n'ai pas bu de café, ce qui à cette époque était terrible, car je buvais beaucoup de café. L'expression est restée, et j'ai un peu froissé les cuisinières ce jour-là, elles se sont senties injustement responsables de la température du café, et le qualificatif « de merde » était certainement un peu excessif. J'ai ramé quelque temps pour rattraper cette maladresse, mais j'ai dû m'y faire et régulièrement on m'a rappelé cet incident.

Pour ma part, j'aurais oublié cet épisode, si on ne me l'avait pas rappelé régulièrement tout au long de ces années. Mais c'est devenu une sorte de code, un souvenir connu des anciens seulement et dans l'intimité de la salle à manger du personnel qui n'existe plus depuis des années. Ceci étant je ne me rappelle pas vraiment des circonstances, je ne sais plus si le café était dans un thermos, ou un pichet, ni à quel moment de la journée c'était, ni de mon état d'énervement. Je suppose que je devais être furax et que j'ai dû exprimer mon mécontentement de façon appuyée.

Le sentiment d'injustice a la vie dure, souviens-toi du vase de Soissons ! Le temps passant, la légende fait le reste, l'imagination vient colorer tout ça, et ce qui n'était qu'un épiphénomène, une réaction certes inappropriée, mais surtout banale, devient un acte fondateur, exhumé de l'oubli à jamais, où pourtant il aurait sa place.

De cette époque dans cette même école, je me souviens que lors d'une sortie sur le terrain avec une classe de CAP en Espaces Verts, il faisait beau et c'était certainement le printemps. Sur le terrain où l'on effectuait les travaux pratiques, une parcelle avait attiré mon attention. Sur la terre aplanie pour que les élèves puissent s'exercer à la création de massifs, se trouvait une dizaine de petites cheminées de terre, édifiées par des fourmis. Je trouvais ça fabuleux et faisais remarquer aux élèves ce superbe travail de fourmis, qu'il fallait absolument respecter en prenant les parcelles d'à côté. Nous n'avions pas fait plus de dix mètres qu'un élève me tapa sur l'épaule m'invitant à regarder derrière moi. Toutes les cheminées de terre sans exception avaient été aplaties par les baskets frénétiques du groupe d'élèves en tenue de travail.

J'allais réagir, puis voyant les gars occupés à déplacer les brouettes, à commencer à passer le râteau, et tirer les cordeaux, je compris que mon message n'avait pas vraiment été entendu et qu'il ne s'agissait pas d'un geste de défi à mon encontre. Enfin, c'est comme ça que je l'ai perçu. Tout à leur travail, les élèves n'avaient pas vraiment prêté attention à l'exploit des fourmis.

Pourquoi me souvenir de cet évènement si banal ? Peut-être que l'injustice causée aux fourmis m'a particulièrement touché ce jour-là. En tout cas aujourd'hui, je trouve ce souvenir plutôt amusant. Chose étrange, je n'ai jamais revu ces petites colonnes de terre fabriquées par ces fourmis, pourtant je suis certain que ce souvenir est bien réel.

LA MEMOIRE N'EN FAIT QU'A SA TETE,

- Je me souviens du numéro de téléphone de ma grand-mère, alors qu'elle ne l'a plus, nous ayant quittés en juin 2014.
- J'ai totalement oublié les dates de naissance de mes parents.
- Je me souviens de la fable : Le corbeau et le renard.
- J'ai oublié les noms, prénoms et visages des copains de vacances en camping à Lus La Croix Haute. Je me souviens juste qu'on les appelait les Belges, car de façon très originale, ils venaient de Belgique.
- Je me souviens des chansons de Daniel Guichard, Adamo, Johnny Hallyday… Que je trouve ringardes aujourd'hui, impossible de les oublier.
- J'ai oublié la quasi-totalité des verbes irréguliers en anglais. De toute façon, je suis plutôt médiocre dans la langue de Shakespeare.
- Je me souviens de la pub, « Dans Banga y a de l'eau, oui mais pas trop » et franchement ça ne me sert à rien.
- J'ai oublié la plupart des végétaux que j'avais mémorisés en latin lors de mes formations en Espace Vert, idem pour les insectes. C'est dommage finalement.
- Je me souviens qu'au CP, ils ont remplacé le sable de la cour de récréation par du gravier, et que j'étais vachement déçu.
- Je ne me souviens plus ni du jour ni de l'âge que j'avais, mais disons environ quatre ou cinq ans. C'est ma mère qui me l'a raconté. J'ai posé les deux mains sur la plaque en fonte de la cuisinière. J'en garde encore les traces aujourd'hui sur le bout des doigts.
- Je me souviens d'une phrase du Surveillant Général (à cette époque les CPE n'existaient pas, ils s'appelaient Surveillant Général, ce qui fait un peu militaire, mais je ne l'avais jamais remarqué, d'ailleurs on disait « Attention vlà le Surgé ») au collège à Bourg Saint-Andéol, qui nous avait demandé de noter sur nos carnets que le lendemain il n'y aurait pas cours. En passant à chaque bureau pour signer le mot, il m'a fait corriger une faute en disant à toute la classe : « Cours ça prend un s, même quand il n'y en a pas », j'avais trouvé qu'il était vraiment très fort de savoir ça.

Ma mère m'avait dit que c'était normal, il était peut-être prof de français avant. Je ne sais pas pourquoi j'ai retenu ça. Je me souviens même qu'il s'appelait M. Bellec et qu'il était Breton, je crois que j'ai été dans la classe de son fils. En tout cas, depuis j'écris correctement le mot : cours.

PIQURES DE MOUSTIQUES

La mémoire, ou plutôt nos mémoires sont sélectives. À priori, il y a deux types de souvenirs, ceux qui résistent au passage du temps et ceux qui s'évanouissent et disparaissent à jamais. Mais en y réfléchissant de plus près, d'autres catégories apparaissent, des nuances se profilent. Certains souvenirs n'ont pas vraiment disparu, mais ils sont mal en point, amputés d'un morceau, érodés, manquant de précision. Ils en deviennent incertains. D'autres ne sont que pure invention, ou plutôt des souvenirs bricolés à partir de vrais évènements, mais que l'on n'a pas vécus ou en tout cas pas comme on s'en souvient.

Il y a fort à parier que la catégorie oubli est certainement la plus importante, en quantité tout du moins. Le bon sens me ferait dire que si c'est parti aux oubliettes, finalement, c'est qu'il fallait bien faire le ménage et donc le cerveau, qui ne peut pas tout garder, fait les meilleurs choix. Ce qui a été jeté devait l'être, et le plus important, le plus utile est gardé précieusement à portée de main. Mais cela suppose un cerveau infaillible, ne faisant que de bons choix. Alors, impossible de savoir si ce qui a été jeté devait bien l'être, mais à l'évidence, en tout cas pour ma part, j'ai conservé des trucs inutiles, enfin c'est ce qui me semble.

C'est une question d'écologie certainement, pas plus tard qu'hier soir, lors d'un repas, la discussion portait sur les moustiques. Insectes de saison, ils alimentent les conversations autour des barbecues. D'autant plus que l'année semble riche en moustiques tigres. Cette appellation renvoie une image masculine de cet animal dont seule la femelle pique les mammifères que nous sommes, afin de fournir des protéines à sa progéniture. Je corrigeais donc l'appellation en parlant de moustique tigresse, ce qui rend ce diptère plus sexy tout à coup. J'apporte alors une touche scientifique à la conversation qui portait sur les piqûres douloureuses, mais fugaces, et à n'importe quelle heure de la journée, en indiquant que j'avais vu dans un documentaire des lâchers de moustiques mâles stériles, en Amérique latine me semble-t-il. Je vantais l'efficacité et l'ingéniosité du procédé, puisque le moustique féconde la femelle, à la suite de quoi il meurt. Comme c'est un mâle, il ne pique pas, la progéniture n'est pas viable et la femelle meurt dans la foulée. Génial aucun impact, les nouveaux moustiques introduits mourant tous sans exception.

Pour illustrer mes propos et bien montrer que je n'inventais rien, je précisais que des lâchers de mâles avaient eu lieu. Il s'agissait de jeunes gens courants dans les rues d'une ville avec des bouteilles en plastique tenues à bout de bras desquelles s'envolaient les insectes défectueux. Le procédé a valu quelques rires, pourtant c'est bien ce que j'ai vu, et le contraste est en effet étonnant, car la production des larves est quant à elle le résultat d'une recherche et d'une production en laboratoire, avec centrifugeuses, microscopes et blouses blanches. Et je conclus en disant, voilà peut-être une réponse efficace au fléau que représente le palu dans les régions tropicales.

Et là, quelqu'un me dit très calmement, « ... mais s'il y a des moustiques, c'est qu'ils servent à quelque chose. Ils ne sont pas là juste pour nous emmerder quand même. Il doit y avoir des bestioles qui les bouffent. » Exact, éradiquer les moustiques peut avoir des conséquences, que l'on ne peut pas mesurer vraiment. Pour la beauté de l'argumentation, je précisais que l'humain s'était déjà débarrassé d'animaux nuisibles pour lui, je pensais au loup, sans que le monde en soit particulièrement transformé. Je n'y avais pas pensé sur le moment, mais l'homme s'est aussi débarrassé de virus, comme la variole ou la peste, à priori ça se passe plutôt pas mal, mais bon...

Question d'écologie donc, rompre l'équilibre, intervenir dans la partie alors qu'à priori on n'a rien à y faire. Supprimer des souvenirs à priori inutiles pourrait poser des problèmes, s'avérer dangereux, bouleverser nos personnalités. Au final, nous sommes constitués de ce que nous nous souvenons et de ce que nous avons oublié, pour la simple raison que nous l'avons tout de même vécu.

Je n'ai pas oublié le jour où je jouais tout seul au fond du jardin lorsque nous habitions avenue Carnot à Nîmes, j'avais accouru en pleurs auprès de ma mère, j'étais entièrement couvert de fourmis. Il faut dire que je l'avais bien cherché, j'avais tapé sur une poutre à moitié pourrie, avec beaucoup de conviction. De cette même époque, c'était au tout début des années soixante-dix, je me souviens que notre jardin était plus ou moins commun avec celui des voisins, et qu'ils avaient un filtre devant leur télévision pour transformer le noir et blanc en couleur. En me concentrant, je trouve un tas d'autres détails, par exemple un matin, j'avais oublié d'éteindre le gaz avant d'aller à l'école, je devais être en CE1, et j'y allais tout seul à pied. Les perruches n'avaient pas survécu au gazage en règle. Dans mon lit, je portais des attelles, car j'avais les génum valgum…

Ce qui est étonnant c'est la présence de détails, qui aujourd'hui me semblent complètement inutiles. À cette même période, mes parents se séparaient, je ne me souviens pas d'avoir repéré dans les discussions, dans leur comportement, que quelque chose avait changé. Je n'ai pris conscience de cette séparation que le jour où ils me l'ont dit et encore pas complètement, je crois bien que je pensais que c'était temporaire. Maintenant, je me demande bien pourquoi mon cerveau a sélectionné dans la case « à garder absolument », l'écran colorisant de la télé des voisins, les fourmis, les perruches, les attelles dans le lit…. Pour ce dernier souvenir, il est vrai que ma grand-mère me l'a souvent rappelé : « Tu te souviens quand je venais te voir, tu avais les attelles pendant la nuit, mais le matin elles étaient à côté du lit, tu les gardais pas. » Je lui répondais oui, mais je pensais au contraire que je les gardais, du coup je ne sais plus vraiment.

Le gamin de six ou sept ans que j'étais devait considérer que ces évènements étaient particulièrement importants. Mon cerveau les a sauvegardés, et ils restent là, accessibles, mais leur importance échappe à l'adulte que je suis aujourd'hui. En fait, ils sont les vestiges de ce que j'étais il y a un peu plus de quarante ans. Ils constituent par leur banalité et leur inutilité, les traces tangibles du gamin que je fus pendant ces années-là. Ces souvenirs sont uniques aujourd'hui, ils ne sont qu'à moi, mes parents ainsi que ma grand-mère ne sont plus de ce monde, me voilà le dernier détenteur de mémoire. Me voilà seul à garder ces traces du passé dans des plis de mon cerveau. Évènements anodins, détails sans importance et pourtant seuls témoins de ce que j'étais et donc de ce que je suis.

En y réfléchissant bien, si chaque printemps on pouvait faire le ménage dans notre cerveau, comme on le fait dans une cave ou un grenier, nous aurions certainement jeté ce qui fait l'essence de nous-mêmes. En posant un regard neuf à chaque fois, nous ferions table rase de l'inutile, du futile, du gênant, oubliant ce qui était essentiel le jour où nous avons vécu ces évènements.

Alors faut-il détruire définitivement tous les moustiques ? Quelles conséquences ? Plus de palu ? Oui, mais quoi d'autre ? Prendrions-nous le risque de perdre l'essentiel ? Faut-il tout garder ? Pour je ne sais quelle raison, j'échappe pas mal aux piqûres, c'est ma compagne qui sert « d'appât ». Mais bon, d'accord, ce n'est pas une raison, ça fait vachement mal ces bestioles.

QUATRE NOVEMBRE DEUX MILLE CINQUANTE-SIX.

Lucie a pris sa décision, à quarante-huit ans elle a encore de bonnes années devant elle. Elle peut espérer vivre en bonne santé encore une bonne cinquantaine d'années. Pas question de se laisser aller, maintenant qu'elle se retrouve à nouveau seule. Sa décision est prise, Lucie va s'occuper d'elle, à partir d'aujourd'hui, elle sera sa propre priorité. Alors pour profiter au maximum des prochaines années, il faut rester en forme et surtout prendre un nouveau départ.

Pour rester en forme, elle a franchi le pas, elle avait longuement hésité, prétextant son inadaptation aux nouvelles technologies. Mais il fallait bien se rendre à l'évidence, le monde avait bien changé, et résister n'avait aucun intérêt. Se réfugier dans un passé idyllique qui n'a jamais existé, hors mis dans l'imagination de quelques résistants aux changements, n'avait aucun sens. Cela reviendrait à lire des livres en papiers et à se déplacer avec des voitures à essence. C'est moins bien, c'est plus cher, mais ça contente les nostalgiques des bibliothèques de grand-mère et des voitures qui puent le gasoil et qui en plus sont dangereuses.

Donc ça y est, elle a pris le pack Santé Vie 2.0. Un jeu d'implants reliés directement à tous les appareils connectés que l'on souhaite. Lucie a choisi son téléphone, ses lunettes, son écran de salon et son réfrigérateur. Les fonctions vitales de son corps sont collectées en temps réel et les données envoyées sur un serveur sécurisé. Le tout est analysé puis renvoyé sous forme de conseils santé, sur les appareils connectés.

Lucie n'a plus qu'à suivre les consignes délivrées par Numéridoc®, services agréés auprès du ministère de la Santé. Aujourd'hui, son téléphone a procédé à un réveil progressif, le temps de sommeil optimal étant atteint, il a diffusé des lumières bleues puis vertes et orangées, accompagnées d'une bande-son qu'elle a choisi pour les wee-kends, bruits de cascades et chants d'oiseaux. L'hôtesse Numéridoc ©, après lui avoir souhaité une bonne journée, lui a proposé de prendre un petit déjeuner composé de céréales et d'un jus de fruits, puis de faire un footing de quarante-cinq minutes, en prenant le circuit numéro deux, celui qui traverse la ville, et la bande-son de son choix, mais avec une préférence pour du classique, un Mozart par exemple.

Après son footing, une douche, un temps de méditation, des assouplissements, le réfrigérateur a sélectionné les produits et les recettes testées par Numéridoc ©. Toutes les recettes sont adaptées aux besoins mis en évidence après analyse des derniers éléments transmis par les implants. Les risques de maladie cardio-vasculaire ou d'AVC sont réduits à moins de deux pour cent. La surcharge pondérale n'est plus qu'un lointain souvenir.

Lucie se surprend à faire ce qu'elle a condamné pendant des années, voyant ces « vieux » de cinquante ans se mettre soudain au sport et adoptant une hygiène de vie pour mannequin, elle s'était jurée qu'elle ne se laisserait jamais aller à ce genre d'extrémité, profiter de la vie, comme on en a envie, voilà quel était son crédo. Aujourd'hui, elle a décidé qu'elle s'en foutait, c'est son choix, elle ira jusqu'au bout. Elle a même décidé d'aller encore plus loin et de participer au groupe expérimental, mis en place par Numéribrain © la filiale de Numéridoc ©, dédiée à la santé cérébrale.

Les implants ont été posés la semaine dernière, les tests sont positifs. Elle est prête pour passer à la phase réinitialisation neuronale.

Un cerveau en bonne santé dans un corps en bonne santé. C'est essentiel, éviter la surcharge cérébrale permet d'éviter les dégénérescences prématurées de la substance neuronale. Nous vous garantissons une vie apaisée, en redonnant à votre esprit la force et la vitalité des premières heures de votre vie. L'équipe de Numéribrain s'engage à vous fournir le meilleur de ses services, et met à votre disposition les technologies de pointe testées par nos laboratoires, pour redonner force et vitalité à votre cerveau. Nous garantissons une sauvegarde sécurisée de l'ensemble des données cérébrales et la

possibilité de réversibilité de la mémoire. Avec Numéribrain ©, prenez
un nouveau départ.

Lucie balaya l'espace d'un geste de la main faisant disparaître la brochure de l'écran panoramique du salon. Elle avait hâte de dépoussiérer son cerveau, balancer les souvenirs inutiles, douloureux, futiles, sans intérêt. Ne garder que le meilleur, la crème de la crème. Redevenir la vraie Lucie, celle qu'elle aurait toujours dû rester.

PAUSE CIGARETTE

L'habitude nous installe dans un certain confort, une sorte de routine à laquelle il est difficile d'échapper, même si quelques fois nous sommes déterminés à nous en débarrasser. Il n'y a qu'à voir pour cela les fumeurs, le plus souvent incapables de se détacher d'une habitude dont ils perçoivent les effets délétères. L'habitude s'impose à nous, elle garde en mémoire des tas d'actions que nous répétons régulièrement, devenant ainsi des automatismes. Mais l'habitude nous fait aussi oublier tout ce que l'on ne remarque plus par habitude.

Arrêter de fumer, finalement c'est perdre une habitude. C'est à ce moment-là que l'on mesure vraiment tout ce que cette habitude avait d'agréable, il devient donc difficile de s'en débarrasser. Lorsque je fumais — je remonte à cette époque où l'on fumait partout, y compris dans les voitures, voir même dans les chambres et les salles de bain — au-delà du fait de fumer, c'était la pause qui s'imposait comme une évidence, des parenthèses dans la journée, des moments de rien. L'arrêt de la cigarette s'est traduit assez rapidement par la disparition de ces moments de rien, de vide. Plus de cigarette donc plus de pause, on devient un vrai non-fumeur, on ne sait plus apprécier le temps qui passe, le temps perdu à faire de la fumée.

Et puis on oublie la cigarette, les pauses, les moments de rien. On se demande même comment ça a pu exister. Seuls les collègues fumeurs qui vont faire leur pause dehors me remettent en mémoire ces moments, pourtant le plus souvent je ne prends pas le temps d'aller avec eux, même s'ils m'y invitent. Le plaisir de la pause cigarette m'est devenu étranger, ces instants partagés entre fumeurs qui constituaient l'essentiel du plaisir de la cigarette, et bien ces moments-là n'ont plus de saveur, ils n'évoquent plus rien. Aussi incroyable que cela puisse paraître, une autre habitude a pris le dessus au fil du temps, celle qui consiste à ne plus faire de pause. Un peu comme le chien de Pavlov qui associait un morceau de viande à une sonnerie, le fumeur que j'étais, associait pause à cigarette. Plus de cigarette, finies les pauses.

Le plus intrigant dans tout ça, c'est que je regrette ces moments, la fameuse pause clope, et en même temps, cela ne représente plus rien, évaporé, envolé. À peine des regrets à vrai dire, l'oubli a tout emporté, je n'ai que des images sans émotion, sans goût. Au final, cela m'arrange bien, aujourd'hui, je n'ai plus aucune envie de me remettre à fumer.

MEMO SCIENCES N°1

Il est largement admis que la mémoire est une fonction essentielle dans le développement des animaux et notamment dans celui des grands mammifères comme le singe, l'éléphant ou l'homme. Se souvenir des lieux où l'on peut trouver du gibier ou de l'eau, mémoriser les zones dangereuses afin de pouvoir les éviter. Pourtant quelques fois la nature permet des évolutions à priori contre-intuitives.

La mémoire spatiale constitue ainsi un sérieux atout pour la survie. Pourtant les chercheurs ont trouvé chez des campagnols du Midwest américain, connus pour leur fidélité, des individus mâles peu enclins à revenir au foyer pour s'occuper de leur progéniture. Il s'avère que ces spécimens ont la particularité de posséder une mutation génétique, ayant pour effet de perturber la mémoire spatiale. Non pas que ces compagnons infidèles ne reconnaissent pas leur partenaire, mais ayant plus de mal à le repérer, ils s'éloignent de leur foyer et sont davantage soumis aux tentations de nouvelles rencontres.

Le plus surprenant est que sur un plan de l'évolution, la sélection naturelle n'a pas opté pour l'un des deux comportements, mais pour leur coexistence. Finalement, un campagnol sans mémoire spatiale n'a rien à voir avec un campagnol à mémoire d'éléphant. Oublier ça change tout.

UNE HEURE TRENTE

Depuis quelques années, je suis plutôt sujet à des trachéites assez sévères. Cela fait quelques hivers que je suis touché par des virus assez agressifs provoquant des quintes de toux sévères. C'est d'ailleurs à la suite d'un épisode très intense de toux intempestives ayant duré plus d'un mois, que j'ai arrêté définitivement (pour le moment) de fumer. Tousser n'est pas très agréable, mais cela reste anodin, au final, il n'y a pas mort d'homme. Pourtant chez moi, ces quintes de toux ont été si intenses que cela s'est soldé par l'apparition de deux grosseurs au niveau du pli de l'aine. Bien entendu, je n'ai pas immédiatement fait le lien avec les trachéites à répétition. C'est après avoir fait une échographie qui a révélé la présence de deux hernies inguinales bilatérales que j'ai immédiatement pensé à ces affreuses quintes de toux.

- Vous n'avez pas soulevé du poids dernièrement ? me demande mon médecin.

– Non, je ne me vois pas soulever quoique ce soit ces derniers temps. Répondis-je.

Et puis comme une illumination : les trachéites que j'ai chaque hiver !

Conclusion, deux belles hernies, qui lorsqu'elles sont formées, ne peuvent que se développer et en aucun cas se résorber. Le remède ? Une opération, lors de laquelle on place des filets pour contenir ces grosseurs. Très bien, donc rendez-vous est pris chez le chirurgien.

Jeune chirurgien, enfin, plus jeune que moi, d'ailleurs je lui en fais la remarque. Il remplace un autre chirurgien parti à la retraite. C'est un peu idiot finalement, mais dans l'imaginaire collectif, un chirurgien est forcément d'un certain âge. Moins de trente ans c'est surprenant, mais loin de moi l'idée de faire un lien simpliste entre l'âge et les compétences. Rendez-vous est pris pour le vingt-neuf mars deux mille seize.

L'infirmière me laisse dans une chambre, et me confie sous

blister, un nécessaire comprenant une blouse s'attachant par l'arrière, des chaussettes, une charlotte, dont elle précise que cette dernière se met sur la tête. Le tout est constitué d'une matière jetable, un peu comme des serviettes en papier renforcé. C'est l'occasion pour Sabine, ma compagne, de bien se marrer et de me prendre en photo avec son smartphone. Photo que je lui suggère de jeter, car très curieusement j'ai eu l'impression d'y voir mon père, aujourd'hui décédé. Sabine supprime la photo, puis me dit : « Tu ressembles pas à ton père, c'est pas vrai. » Je la crois sur parole, elle est beaucoup plus physionomiste que moi.

Me voilà seul dans le lit, j'attends quelques minutes seulement, vers huit heures et demie, un infirmier rentre dans la chambre et m'emmène à travers les couloirs jusqu'à un ascenseur. La situation m'a semblé assez étrange, ce parcours j'aurais parfaitement pu le faire à pied, puisqu'à ce moment-là j'étais en parfaite santé. La veille je faisais du ski à Villard-de-Lans. En tout cas, se laisser promener sur un lit, c'est tout de même assez rare et curieusement, la sensation est plutôt agréable. Il y a même un côté grisant, un peu comme si on était dans un jeu vidéo, mais au lieu de voir le canon d'un fusil, on voit l'extrémité du lit qui avance, tourne, fait marche arrière, rentre dans l'ascenseur. À plusieurs reprises, j'ai bien cru qu'on allait toucher l'encadrement de porte ou le mur du couloir, mais mon pilote est manifestement expérimenté et nous voilà dans le monte-charge. D'ailleurs, j'indique à l'infirmier lorsque les portes se ferment, que finalement le lit rentre bien dans la cabine, ce à quoi il répond que c'est préférable, je ne peux que me ranger à son avis.

Je sors les pieds devant (mais toujours en bonne santé), car ce sont les portes du fond qui s'ouvrent sur une salle vide, sans fenêtres, essentiellement éclairée par des néons, cette même salle que je retrouverai pour le réveil après l'opération. Des infirmiers, des infirmières, habillés de blanc ou de bleu, une charlotte sur la tête, un masque sur le visage, me voilà dans le monde aseptisé de la chirurgie. Valentin m'est présenté comme étant l'infirmier qui m'accompagnera tout au long de l'intervention.

Très gentil, il me pose des questions sur ce que je fais comme métier, si j'ai des enfants... bref, je trouve qu'il fait bien son boulot, le but étant de me rassurer pendant les quelques instants précédant l'échéance redoutée. Je joue le jeu, je pose à mon tour des questions sur lui, j'apprends qu'il fait essentiellement du bloc, mais comme il fait des vacations, quelques fois il va chez les personnes âgées et c'est moins agréable. Il faut dire que curieusement, je n'appréhende pas vraiment l'intervention, une seule petite inquiétude cependant : et si je ne m'endormais pas, et qu'ils ne s'en rendent pas compte ? Ce qui me semble en même temps assez improbable. Il faut dire que la seule anesthésie générale que j'ai eue était pour les dents de sagesse, et j'avais eu une prémédication, je n'ai aucun souvenir du bloc ni de la salle de réveil.

Là, c'est différent, je me souviens parfaitement du bloc, au plafond deux bras articulés terminés par deux grandes plaques munies de LED. Valentin oriente ces éclairages. « Sous les feux de la rampe », lâche-t-il avec un sourire complice. Entre-temps, il m'a présenté une jeune fille (Valérie ? je ne me souviens pas bien) en deuxième année d'infirmière, qui a souhaité venir au bloc pour voir si ça lui plaît, car elle souhaite faire son stage de troisième année en chirurgie, si j'ai bien compris. « Tu verras, c'est super, en plus cet après-midi on a un colon tu verras. » Là, c'est Valentin qui s'adresse à la jeune stagiaire.

Passage du chirurgien, que je reconnais à peine, vu la tenue : blouse, charlotte, masque... il me salut, grand sourire, me demande si ça va, ressort, en lançant à l'infirmier : « Bon, moi je suis prêt, il ne manque plus que l'anesthésiste, il faut qu'il me l'endorme. » Pas chaud dans le bloc, j'ai une petite couverture, l'infirmière qui m'a posé une perfusion s'est excusée, car elle a dû s'y reprendre une deuxième fois, à la première, la veine a éclaté. « Attention, je vous pique », prévient-elle. Curieusement, je n'ai toujours pas vraiment d'appréhension, il règne ici comme une sorte de bienveillance rassurante, ou alors avec l'âge je suis devenu moins trouillard. Bref, ça va, juste la petite crainte de ne pas m'endormir, car je n'ai pas du tout sommeil.

L'anesthésiste arrive, une dame, alors que c'est un homme que j'avais vu lors de la consultation, style pilier de rugby, qui m'avait d'ailleurs fait remarquer que comme j'étais maigre, il n'y aurait pas de problèmes. L'anesthésiste a dû aussi se présenter, je ne sais plus, en tout cas, tout a été très vite. Elle a branché la perfusion, pendant que l'infirmière me posait un masque à oxygène sur le visage.

– Respirez profondément, je vais enclencher la perfusion. Me dit l'anesthésiste, puis elle rajoute : petit à petit à petit, vous allez sentir comme une légère torpeur, puis vous allez vous endormir…

– Ah bon, et comment tu sais ça ?

Je crois que c'est Valentin qui a posé la question, je ne sais pas trop.

– Je ne sais pas, mais je suppose... Répondit l'anesthésiste.

J'inspire profondément dans le masque à oxygène, et puis plus rien.

Je me réveille dans la salle où m'avait amené l'infirmier, d'autres lits sont là avec des patients qui se réveillent ou qui sont en attente d'aller au bloc. Curieusement, tout est assez clair dans mon esprit, j'ai été opéré, on vient de me le dire je crois, je regarde autour de moi, je me souviens d'un instant serein, soulagé, c'est fait, je suis réveillé, je n'ai pas mal, tout va bien. Un nouvel infirmier vient piloter mon lit, ascenseur, couloir, chambre.

– Ce n'est pas la bonne. Dis-je.

– Mais oui monsieur, vous avez raison, répond une infirmière, ce n'est pas votre chambre.

Petits rires, et je me retrouve au point de départ. Le chirurgien passera un peu plus tard.

– Tout c'est bien passé, finalement, il me regarde se positionne un peu en arrière, met ses mains au-dessus du lit, comment j'étais déjà, dit-il le regard dans le vide. Ah oui, c'est ça, et bien c'est celle de gauche qui était plus grosse.

– Pourtant je pensais que c'était l'inverse. Dis-je étonné.

– Oui, c'est vrai, eh bien non, je vous ai mis des filets bien larges, comme ça vous ne serez pas gêné, c'est parfait. Je vous ai mis un mois de repos. Il faut ça quand même, ne soulevez pas de charges, pas de sport, du repos. Et je vous revois dans un mois. Ce mardi vingt-neuf mars deux mille seize, j'ai un trou de mémoire d'une heure trente environ. Une heure trente pendant laquelle j'ai été l'acteur principal de ce qui se passait dans le bloc opératoire, avec le chirurgien. Et je ne me souviens de rien. Je n'ai rien oublié, je n'ai simplement aucun souvenir. Comme si rien ne s'était passé. Arrivée au bloc, sortie du bloc et entre les deux, rien, le néant. Ce n'est pas comme si j'avais dormi, quand je dors, il ne se passe rien, je dors. Mais là, je suis opéré, on me fait une cœlioscopie, c'est-à-dire une chirurgie micro-invasive avec récupération rapide, et je ne me souviens de rien. Je ne m'en plains pas, c'est certainement mieux comme ça, mais voilà un oubli, sans souvenir. C'est un peu comme si j'avais oublié quelque chose qui ne m'était pas arrivé. Ou plutôt comme si j'avais vécu quelque chose que j'aurai oublié au fur et à mesure que je le vivais. Comme le réalisateur qui s'aperçoit à la fin de la prise d'une scène qu'il trouve parfaite, que la caméra n'a rien enregistré.

Est-ce pour conjurer cet étrange phénomène que j'ai si bien mémorisé l'avant et l'après ? Par contraste, la précision des souvenirs entourant cet évènement, ne fait qu'accentuer le vide amnésique d'une heure trente environ ce mardi vingt-neuf mars deux mille seize. Une heure trente à côté de la vie, sans traces, sans souvenirs, sans rien.

OUBLIER Ô OUBLIER !

… Mourir, la belle affaire, mais vieillir ô vieillir…. Jacques Brel, dans sa chanson « Vieillir », résume merveilleusement le terrible dilemme. Mourir c'est parfaitement inacceptable et terriblement anxiogène. Mais vieillir peut s'avérer encore plus invivable. Il en va de même de l'oubli.

Oublier, la belle affaire, mais se rappeler ô se rappeler. Car quelques fois on peut à juste titre vouloir oublier des souvenirs pesants, des secrets inavouables, des paroles que l'on regrette, des actions qu'on aimerait ne jamais avoir faites, des rencontres qu'on aurait préféré éviter. Bref, qu'il serait doux de faire le ménage, mais ne serait-ce point là une attitude couarde ? Oui, après tout, il faut assumer, ce qui est fait est fait. Je suis ce que je fais et ce que je ne fais pas tout à la fois. Ce que j'oublie n'est plus rien, n'est que fuite et renoncement.

Dans le superbe roman de Miguel Cerventes « L'ingénieux hidalgo Don Quichotte de la Manche », il est question du baume de Fierabras dont le célèbre chevalier connaît la recette par cœur. Sancho Panza le fidèle écuyer mi-amusé, mi-admiratif face à son maître est somme toute émerveillé par les prouesses que l'on peut faire avec cette potion. Alors que l'écuyer prie le chevalier de bien vouloir se panser alors qu'il saigne de l'oreille, Don Quichotte regrette à voix haute de ne pas avoir fait une fiole de ce fameux baume. Sancho Panza interroge :

— Quelle fiole et quel baume est-ce là ?

- C'est un baume répondit Don Quichotte dont je connais la recette par cœur, avec lequel il ne faut plus avoir peur de la mort, ni craindre de mourir d'aucune blessure. Aussi, quand je l'aurai composé et que je te le donnerai à tenir, tu n'auras rien de mieux à faire, si tu vois que, dans quelque bataille, on m'a fendu par le milieu du corps, comme il nous arrive maintes et maintes fois, que de ramasser bien proprement la partie du corps qui sera tombée par terre ; puis avant que le sang soit gelé, tu la replaceras avec adresse sur l'autre moitié qui sera restée en selle, mais en prenant soin de les ajuster et de les emboîter bien exactement ; ensuite tu me donneras à boire seulement deux gorgées du baume, et tu me verras revenir plus frais qu'une pomme reinette.

Bien entendu, Sancho, écuyer fort crédule et quelque peu vénal, voit dans ce baume une occasion inespérée de faire fortune. Il renonce sur-le-champ aux îles promises par le chevalier errant « de triste figure » et demande prestement la recette de cette potion magique.

–… que Votre Grâce me donne la recette de cette merveilleuse liqueur ; car je m'imagine qu'en tout pays elle vaudra deux réaux l'once, et c'est tout ce qu'il me faut pour passer cette vie en repos et en joie.

On comprend aisément qu'une telle recette ne peut s'oublier ni être divulguée sans discernement au risque de perdre du même coup les bénéfices escomptés d'un tel prodige. Pourtant Sancho Panza souhaitera, quelques pages plus loin, oublier la maudite recette et même ne l'avoir jamais connue.

Alors que Sancho fait remarquer à sa Grâce que la burette qui contenait le baume de Fierabras est à présent en morceaux, et le breuvage bel et bien perdu, le chevalier ne s'en inquiète pas :

– Je n'ai pas de regret de l'avoir perdu, reprit Don Quichotte ; car tu sais bien, Sancho que j'en ai la recette dans la mémoire.

– Moi aussi, je la sais par cœur, répondit Sancho ; mais si je le fais ou si je le goûte une autre fois en ma vie, que ma dernière heure soit venue.

Qu'a-t-il bien pu se passer pour que l'écuyer redoute à ce point le divin baume ? Lors d'une de ses extravagantes aventures, Don Quichotte se voit gravement blessé, il compose alors le fameux baume, à l'aide d'huile, de vin, de sel et de romarin. Croyant à la préciosité de cette potion, le chevalier en avala une bonne dose, mais le breuvage lui retourna l'estomac, provoquant vomissements et sueurs. Le chevalier se coucha, s'endormit trois bonnes heures, et se réveilla en pleine forme.

Sancho voyant son maître revenu d'entre les morts vit là un miracle et voulut à son tour boire du précieux baume.

–... avant de vomir, il fut tellement pris de sueurs, d'angoisses et de haut-le-cœur, qu'il pensa bien véritablement que sa dernière heure était venue... le breuvage fit enfin son opération, et le pauvre écuyer commença à se vider par les deux bouts, avec tant de hâte et si peu de relâche, que la toile de jonc sur laquelle il était couché, et la couverture de toile à sac qui le couvrait furent à tout jamais mises hors de service.

Sancho fort en colère, maudit le baume et le chevalier, jurant malédiction sur lui-même et toute sa race. On comprend ici que l'oubli est de mise. Oublier le baume s'impose plus que tout et pourtant ce n'est pas chose aisée. Ceux qui ont été malades après avoir mangé des huitres le savent bien, on ne les y reprend pas, le souvenir est tenace, l'oubli n'est pas de mise, il est seulement impossible. En tout cas, l'oubli tant souhaité par l'écuyer malheureux ne convient pas du tout au chevalier. Car, qui dit oublier la recette, dit éviter toute occasion d'en avoir besoin. C'est-à-dire éviter les combats en ne répondant à aucune provocation, quelle qu'elle soit. C'est ce que dit Sancho à son maître :

– ... Et d'ailleurs, je ne pense pas me mettre davantage en occasion d'en avoir besoin ; (du baume), au contraire, je pense me garer, avec toute la force de mes cinq sens, d'être blessé et de blesser personne...

Ce à quoi Don Quichotte répond, visiblement courroucé :

– Tu es un mauvais chrétien, Sancho, car jamais tu n'oublies l'injure qu'on t'a faite. Apprends donc qu'il est d'un cœur noble et généreux de ne faire aucun cas de tels enfantillages.

Oublier le baume, renoncer à se battre, voilà qui n'est pas chrétien, blessures et vomissements ne sont qu'enfantillages. Sancho est une chochotte, oublier c'est être pleutre, sans courage, sans noblesse. Il faut dire qu'un chevalier se doit d'être sans peur et sans reproche. En tout cas Sancho, sur ce coup-là restera sur sa position, il se souvient parfaitement de ce qu'ils ont enduré lui et le chevalier, tous deux blessés lors de combats épiques, puis buvant de ce breuvage qui leur a fait vomir la « fressure ». Il s'en souviendra le pauvre Sancho :

— ... et ça ne s'en ira pas plus de ma mémoire que de la peau de mes épaules...

Se souvenir pour mieux oublier, oublier pour éviter, pour ne plus revivre ces atrocités. L'écuyer est pragmatique, il manque d'esprit chevaleresque, mais il tient à sa peau. Réaliste, il sait que l'oubli est salvateur. Oublier la recette pour ne plus vivre cette horreur, se souvenir de cette horreur pour oublier la recette. Et finalement faire en sorte de ne pas avoir besoin de la recette. Un peu comme un montagnard qui aurait le vertige, et s'étant trouvé dans une situation épouvantable, se dirait : « finalement je n'ai qu'à éviter les bords de ravins et les précipices ». Oublier la sensation, mais en garder le souvenir, pour se rappeler qu'il faut absolument l'éviter.

Don Quichotte est tout sauf réaliste ou pragmatique, c'est l'exact opposé. Le chevalier n'oublie pas, il n'évite pas, il assume. S'il souffre, alors c'est le destin qui en a décidé ainsi. Un chevalier remange des huitres, même s'il a été malade la dernière fois, sinon, ça ne serait pas un chevalier. Il n'oublie pas, il se souvient pour mieux y retourner, il n'a que faire de la souffrance et de la peur.

Chacun choisira son camp, n'est pas Don Quichotte qui veut. Pour ma part, je suis assez souvent Sancho, mais quelques fois je peux être aussi quelque peu Don Quichotte et dans ces cas-là, je dois avouer que je suis assez fier de moi. Vivre une expérience cuisante, ne rien oublier, y retourner et se dépasser, ça fait du bien, on se sent grandi, plus fort, on se dit qu'on a bien fait. On regarde avec une certaine vantardise ceux qui n'ont pas eu l'énergie du chevalier, et ne connaîtront pas l'extase que provoque le dépassement de soi. Ils ont préféré oublier, la belle affaire, mais se rappeler ô se rappeler.

Nous avons tous nos instants Don Quichotte. Une expérience désagréable, que d'ordinaire nous évacuons de notre mémoire, nous efforçant de nous rappeler de ne surtout plus jamais revivre une telle horreur. Certains y ont recours plus que d'autres, certes, tout est question de caractère certainement. N'étant pas particulièrement téméraire, je n'ai que peu d'exemples. Attention il faut faire la distinction entre le pur instant chevaleresque, et l'instant que par nécessité il faut bien revivre qu'on le veuille ou non.

Ainsi mes premiers pas chez le dentiste se sont traduits par la découverte de deux caries dont les soins et la souffrance qui les accompagnaient, m'ont paru ne jamais finir. La dévitalisation, ce mot me provoquait des sueurs. « Il va falloir la dévitaliser », quelle horreur ! Pourtant j'y suis retourné chez le dentiste, et j'y retourne encore. Entre deux maux, je préfère le moindre, avant d'avoir des caries, mieux vaut s'en prémunir, en allant voir régulièrement un spécialiste. Ce n'est pas très chevaleresque, même si ayant en mémoire quelques souvenirs cuisants, remettre les pieds dans un cabinet dentaire est un véritable acte de courage. C'est courageux, certes, mais ce n'est pas gratuit, il y a un intérêt à dépasser ses craintes.

Non, l'instant Don Quichotte est totalement gratuit, ayant gardé en mémoire une sensation désagréable, on décide d'y retourner. À l'égal du cavalier tombé de cheval, auquel on conseille de remonter immédiatement, afin d'être en mesure de conjurer le sort et d'effacer de l'esprit ce mauvais pas. Il y a ici une question de rapidité, d'immédiateté même, l'expérience malheureuse est effacée dans l'instant par une expérience réussie permettant de retrouver ses marques, de reprendre confiance. On n'efface pas le souvenir, on le remplace.

Pour ma part, si je tombe de cheval, je n'y remonte plus de ma vie. Cependant, j'ai eu un instant Don Quichotte à cheval, modeste, mais bien réel, je pense. Je crois que j'ai toujours eu une certaine peur des chevaux. Approcher l'animal dans un box n'est pas rassurant pour moi, alors monter dessus. Pourtant je l'ai fait. J'avais un peu plus de vingt ans, nous étions chez un copain de lycée, dont l'oncle avait des chevaux et organisait de promenades à cheval. C'était dans la Drôme, il faisait un temps magnifique, le printemps sûrement, et je signale ma crainte des équidés. On me réserve, me dit-on, le plus tranquille. D'ailleurs afin de me convaincre définitivement, on m'indique son nom : Pantoufle.

Je pars confiant, avec le groupe, nous sommes une petite dizaine, et nous avançons au pas sur un large chemin, puis au trop, je suis un peu moins rassuré, mais je me dis qu'avec un cheval aussi cool tout devrait bien se passer. Erreur, me voilà soudain parti au galop, sans que je n'aie décidé quoi que ce soit, Pantoufle n'est peut-être pas un rapide, mais en tout cas c'est le seul qui est parti au galop, doublant absolument tout le monde, et moi criant à tue-tête : Olivierrrrrrrr. C'était le collègue qui menait la sortie. Ce fut encore pire, j'ai tenu sur la selle par miracle, Pantoufle s'est arrêté, sans que je n'ai rien eu à faire pour ça. Il avait parfaitement mémorisé son parcours, ce satané cheval, c'était le moment galop, alors hop, il est parti au galop. Heureusement qu'à l'endroit correspondant à la fin de cette course de la mort, il s'est aussi arrêté, car j'étais bien incapable de stopper cet animal.

Je me souviens avoir continué la journée malgré tout, bon j'ai fini à pied. Mais mon instant Don Quichotte, est arrivé des années plus tard, lors d'une sortie en Camargue avec des élèves. Me voilà face à un groupe d'adolescents, regard narquois, sourire en coin, « le prof a peur des chevaux », la bonne blague. Je n'étais pas le seul, la collègue qui était avec moi, avait l'air encore plus terrifiée. Nous aurions pu rester au centre équestre et attendre le retour des élèves. Mais le regard des jeunes, le fait que ma collègue ait au moins aussi peur que moi, voilà qui m'a ragaillardi. Et je m'entends dire : « Allez Pascale (c'était ma collègue) on y va, moi aussi je ne suis pas à l'aise. » Dieu sait que je n'avais aucune envie de faire du cheval, et pour dire la vérité, j'ai fait partie du groupe qui ne faisait pas le galop sur la plage. Donc oui, je dois le concéder c'est un petit instant Don Quichotte, mais c'était gratuit, un peu chevaleresque tout de même. Car malgré une réelle appréhension, je trouvais le moyen d'encourager ma collègue complètement tétanisée sur sa monture. La voir dans un état encore pire que le mien m'a certainement donné du courage, c'est en partie grâce à elle que je suis remonté sur un cheval.

INSTANTS DON QUICHOTTE Vs. SANCHO PANZA

- La première fois que je suis allé dans un parc d'attractions, c'était celui d'Ok Corral à Cuges les Pins. Ça devait être la fin du collège, et avec les copains on commence par une attraction d'apparence inoffensive. Un immense bateau, enfin dans mes souvenirs d'enfants il est immense. Les mouvements de balancier commencent lentement, puis s'intensifient et là j'ai cru comme Sancho Panza que j'allais me vider littéralement dans le navire. Je me suis retrouvé recroquevillé sur mon fauteuil, hyper tendu, criant à chaque descente de l'impétueux navire. Inutile de dire que j'avais fait une croix sur le reste des attractions, un peu honteux tout de même, car j'étais le seul à ne pas supporter ces foutus manèges. C'est un copain qui est venu me voir et m'a dit « Viens faire le grand huit, ça fait moins peur que le bateau, je t'assure. » J'ai dû un peu rechigner, mais j'y suis allé et il avait raison. Instant Don Quichotte !

- J'ai bien failli me noyer deux fois dans ma vie. La deuxième fois, c'était l'été mille neuf cent quatre-vingt-neuf (je m'en souviens, car c'était l'année de mes vingt-cinq ans) en Tunisie. J'ai eu la peur de ma vie en voulant plonger avec un masque à environ cent mètres du bord de la plage. Depuis ce moment-là, dès que je n'ai plus pied, je ne suis pas très à mon aise. Impossible d'aller à cent mètres du bord. Instant Sancho Panza !

MEMO SCIENCES N°2

Imaginons, vous allumez la radio, et là vous tombez sur une chanson comme par exemple : « Joe le taxi ». Immédiatement, vous vous souvenez du nom de l'interprète : Vanessa Paradis. Vous changez de station, et cette fois-ci c'est un extrait d'un discours de François Mitterrand, immédiatement vous reconnaissez sa voix. La mémoire des sons, comme celle des odeurs est particulièrement coriace. Serait-ce une caractéristique spécifiquement humaine ? Il semble bien que non.

Une équipe de l'université de St Étienne a réalisé l'expérience avec des bonobos. Le résultat est spectaculaire, les singes reconnaissent les vocalises de leurs anciens compagnons, jusqu'à cinq ans plus tard. Il faut dire que chez les grands singes des forêts équatoriales, la voix a une importance capitale. Les cris permettent de transmettre des messages d'alerte ou de reconnaissance, dans un milieu où la densité interdit toute communication visuelle.

La mémoire auditive est ici une question de survie. Il est vrai que reconnaitre la voix de Bourvil vingt ans plus tard est un beau record, mais il n'y a ici, somme toute, rien de vital.

MEMOIRES D'AMERIQUE

La ville de Richmond se situe sur la côte est des États-Unis à environ trois cents kilomètres au sud de Washington. Je ne pense pas que l'on se dise un jour : « Tiens pour mon prochain voyage aux États-Unis, je vais aller à Richmond ». Non, on pense à New York, Los Angeles, Chicago, San Francisco, éventuellement Washington, la Nouvelle Orléans, les grands parcs, la vallée de la mort, Las Vegas... Pas Richmond, c'est un peu comme si un Américain venait en France, n'allait pas à Paris, mais passerait son séjour à Clermont-Ferrand. Pourquoi pas ?

Donc nous sommes allés à Richmond, avec Sabine, voir notre fils qui faisait son stage à l'étranger dans cette ville. Neuf mois de stage pour participer à l'organisation du « French Film Festival ». Il faut une raison valable pour aller à Richmond. En tout cas, c'est ce que je me disais, et ce fut l'objet de nombreuses de nos discussions.

– Franchement à partir pour les États-Unis, je n'aurais pas choisi Richmond, c'est comme si un Américain venait en France.... Vous connaissez la suite, là c'est moi qui lançais le débat sur l'incongruité d'une telle destination.

– Tu exagères, on va voir ton fils, c'est bien.

– Oui, tu as raison, évidemment que c'est super d'aller voir Juju, (Julien, qui est devenu Juju pour les proches, à chaque fois que je prononce Juju, je me dis que pourtant c'est un beau prénom Julien. Mais juju, c'est drôle, ça sonne bien....) Mais je m'interroge, est-ce qu'on ne viendrait pas plutôt en été, et comme ça on le retrouve à Richmond et on part de là-bas pour la côte ouest par exemple.

– Oui, mais il va être tout seul à Noël, on peut y aller quand même, et on y retournera cet été pour faire deux semaines avec lui en Californie.

– D'accord, mais bon, ça coûte un peu tout ça non ?

Bref, l'argument financier n'a pas tenu, face au traditionnel et bien réel : « L'argent il faut en profiter quand on peut le faire, après c'est trop tard on est vieux puis on est mort, tu as vu pour ta mère… » Je venais d'hériter des biens de ma mère décédée prématurément d'un cancer du pancréas foudroyant. Effectivement, elle n'avait pas profité de ce qu'elle avait, à mon avis en tout cas. Donc financièrement, nous étions plus confortables, c'est vrai, et passer les fêtes de fin d'année avec notre Juju, il faut bien dire que ça n'avait pas de prix.

Ce fut un superbe voyage. Julien dans son appartement avec Mo, sa colocataire, une grande « black » originaire d'Angleterre, faisant ses études à l'université de Richmond, parlant à la vitesse de l'éclair, avec un accent absolument incompréhensible, chaussée d'énormes pantoufles en forme de peluche. Manifestement, Julien la comprenait lui, d'ailleurs quand il lui parlait, je ne comprenais rien non plus.

Visite de l'université, wouah ! Gigantesque, salle de sport, stade de base-ball digne d'une commune française pour le football, restaurant, bibliothèque, église, avec un côté Harry Potter dans l'architecture de certains immeubles. Bon, le prix de l'année d'étude est gigantesque lui aussi.

Bref, notre fils comme guide, devenu bilingue sans qu'on s'en aperçoive, nous avons vu et ressenti quelque chose de l'ordre de la « vraie Amérique ». Hors des lieux communs touristiques, loin des New York, Los Angeles ou Las Vegas vendus dans toutes les agences de voyages dignes de ce nom. Ceci n'empêche pas tout de même de faire du tourisme, et nous voilà partis pour visiter le Capitole de Virginie. C'est dans cet édifice que se réunit donc le gouvernement de l'état de Virginie. En préparant ce voyage, enfin, quand Sabine s'est plongée dans les guides touristiques et les sites internet — à ma grande honte, je suis assez fainéant pour ce genre de préparatifs — elle me dit : « Tu as vu ? Le capitole de Richmond est une réplique de la

Maison Carrée de Nîmes. » Je dois noter ici, que nous habitons à Nîmes, et que la Maison Carrée est un lieu familier pour nous, Sabine passe devant tous les jours.

Nous voilà donc tous les trois, avec un groupe de visiteurs, Américains pour la plupart, pris en charge par un guide pour la visite de ce monument. La Maison carrée est effectivement flambant neuve à Richmond, d'ailleurs rapidement trop petite on y a adjoint d'autres corps de bâtiments. Le guide demande la provenance des différentes personnes composant le groupe de visiteurs, tous Américains donc, sauf nous, qui indiquons venir de France et plus précisément de Nîmes. Nous savions que nous pouvions fièrement préciser : Nîmes, et en effet bingo !

Le guide esquisse un large sourire, et explique à l'assemblée que le capitole de Richmond est une réplique de la Maison Carrée de Nîmes, faites à l'initiative de Thomas Jefferson avec l'aide de l'architecte Clérisseau. Jusqu'à ce jour, je n'avais pas ressenti cet engouement de certains américains pour la France et notamment la culture française. J'avais oublié que l'influence de la France sur la jeune République américaine avait été déterminante. Ce qui pour nous n'est qu'un événement de notre histoire, à savoir l'influence des intellectuels français et l'aide de la France dans le soulèvement contre les Anglais, constituent des éléments fondateurs des futurs États-Unis d'Amérique.

Je comprends alors que nous sommes, dans ce capitole, au cœur d'une des étapes majeures de la construction américaine. Thomas Jefferson est une figure incontournable de cette histoire, étant l'instigateur de la constitution américaine, directement inspirée par les philosophes français, et précédant de peu la constitution française, inspirée des mêmes sources. Notre guide a les yeux qui brillent, il nous donnera, à la fin de la visite, un document listant les points communs entre la France et les États unis. À plusieurs reprises, il se tournera vers nous, s'excusant presque de ne remonter que trois ou quatre siècles en arrière, alors que notre histoire, à nous les Français, remonte à la nuit des temps. Avec du recul, je me dis que cette réflexion n'est pas très sympathique pour les Indiens, ils étaient là eux, après tout. Mais un Américain n'est pas un Indien et inversement.

Rien de bien nouveau, tout le monde sait que les américains sont assez mal à l'aise avec cette histoire de quelques siècles seulement. C'est comme un manque dans la mémoire collective, où sont les traces de nos ancêtres ? Rien de nouveau, oui, mais là, c'était dit par un Américain, de sa propre initiative, c'était émouvant. Je me suis senti solidaire, fier d'avoir une place privilégiée en tant que Français, en tout cas aux yeux de notre guide qui connaissait bien l'histoire de son pays manifestement et sur certains points l'histoire de France, mieux que moi le français de souche. Solidaire, flatté, et un peu honteux en même temps.

Cette visite du Capitole nous a fait prendre conscience qu'en France et en Europe, nous avons des traces de notre passé sous nos yeux en permanence. La mémoire de nos origines est inscrite dans nos villes, nos campagnes, jusque dans les grottes même. Pour un Américain, Paris est un incontournable, mais Carcassonne, c'est merveilleux, une ville médiévale d'origine. À Nîmes, finalement plus de deux mille ans d'histoire s'étalent tous les jours sous nos yeux et nous n'y faisons même plus attention. Quant aux Américains en manque de témoignages du passé, ils compensent ce vide par des mémoriaux somptueux. Il suffit de se rendre à Washington pour en prendre la mesure : Lincoln, Seconde guerre mondiale, Corée, Luther King… La mémoire se fabrique, se construit, s'élabore dans les musées, les monuments…

À Boston, la plus ancienne rue des États-Unis, date du dix-huitième siècle, bichonnée, conservée précieusement, elle constitue avec les autres édifices de ce berceau de la jeune

Amérique indépendante, un pèlerinage dans l'histoire du pays. Guides en habit d'époque parcourant la ville, suivis par des touristes pour la plupart Américains. La mémoire c'est important. Un peu de mise en scène, il faut bien intéresser tout le monde. Faire preuve de mémoire, c'est faire preuve de civisme. Un si grand pays, avec si peu de mémoire... Notre guide semblait désolé lorsqu'il égrenait les dates clés qui n'excédaient pas trois cents ans d'âge. Alors oui, j'avais un peu honte de passer devant la maison carrée ou les arènes, deux mille ans d'âge sans même jeter un œil.

J'avoue poser aujourd'hui un regard différent sur tous ces monuments. Finalement Richmond, c'était une super bonne idée. En deux semaines, notre regard sur les États-Unis a été transformé, il a mis en évidence tous les points communs que nous avons dans notre mémoire collective, nos cultures. On a mis un peu de côté les différences que l'on pointe sans arrêt sur la nourriture, le gigantisme, les excès...

À notre retour sortait le film de Steven Spielberg : Lincoln. Voyage dans l'histoire des États-Unis, et à Richmond, puisque c'est le capitole, que nous avions visité quelques mois auparavant qui avait servi de décors pour certaines scènes. La mémoire s'infiltre partout y compris au cinéma. Au final, si le temps est nécessaire à la mémoire, il n'est pas suffisant, il faut des cerveaux pour s'en emparer des cultures pour la porter et la faire vivre.

LUNDI SIX NOVEMBRE DEUX MILLE CINQUANTE-SIX.

Comme indiqué sur la brochure, Lucie n'a pas bu ni mangé depuis hier soir vingt-deux heures. Ce matin, elle a pris le « Self-véhicule » garé devant chez elle, programmé pour la déposer chez *Numéribrain* © à sept heures quarante-cinq. Il fait frais, mais pas un nuage dans le ciel, une belle journée s'annonce. Elle ferme les yeux et se laisse conduire jusqu'à son rendez-vous. Détendue, ses pensées sont apaisées, de toute façon sa décision est prise. Elle ouvre à nouveau les yeux, la circulation s'est intensifiée, mais les « Self-véhicules » ont des voies prioritaires, aucun souci sur l'heure d'arrivée.

En passant devant la tour de verre « Happy-cog. Corporation », elle lève la tête et pense à Christopher. C'est un matinal, il doit être dans son bureau à l'heure qu'il est, au vingt-septième étage. Elle se souvient, c'était en avril, elle l'avait rencontré chez des amis. D'ailleurs aujourd'hui encore, elle soupçonne son amie Véro d'avoir organisé ce dîner pour forcer le destin. Comme elle, il avait connu le grand amour, la vie de couple, les enfants, et la séparation. Comme elle il ne pouvait concevoir de rester seul, comme elle il s'était résigné, les années passant, rester seul devenait une éventualité de plus en plus réaliste.

Trois mois et deux jours plus tard, ils étaient tombés d'accord, leur relation amoureuse n'irait pas au-delà. Ils se voyaient de moins en moins souvent, ne faisaient l'amour plus qu'occasionnellement, ils ne se détestaient pas, ils s'appréciaient sincèrement, au mieux ils étaient bons amis, au pire ils étaient des connaissances de connaissances, vouées à ne plus se voir qu'au gré de quelques invitations à dîner chez des amis communs. Comment en étaient-ils arrivés là ? La différence d'âge peut-être, elle avait sept ans de plus. Le physique peut-être, pour lui en tout cas, car Lucie trouvait charmant ce grand brun aux yeux noirs, toujours bien habillé, bien rasé, légèrement musclé mais pas étudié. Mais lui comment il la voyait, elle ? Cheveux châtains, yeux verts, plutôt grande, le visage un peu marqué par l'âge, mais après tout c'était là son charme, petite poitrine, fesses rebondies, un peu de cellulite, mais rien de rédhibitoire après tout. Et puis surtout, Lucie a bon caractère, on lui a toujours dit, souriante, agréable, charmante.

Elle en convenait ce matin, absorbée dans ses pensées, alors que la ville s'éveillait sous le soleil automnal, il n'y avait aucune raison, juste une forme de lassitude, une perte d'intérêt, de l'ennui même, en trois mois et deux jours, ça lui donnait le vertige. Et ça ne faisait que renforcer son envie de tout remettre à zéro, de faire un reboot, retrouver l'engouement de ses vingt ans, même si pour rien au monde elle ne voudrait faire machine arrière. Mais pour cela, il fallait faire le ménage dans ce cerveau bien trop encombré de choses inutiles, c'était bien spécifié dans la brochure : « … vous retrouverez l'élan de votre jeunesse, vous vous enthousiasmerez à nouveau pour des choses simples, qu'aujourd'hui vous trouvez futiles et sans intérêt. » Faudrait-il supprimer ces trois mois et deux jours ?

Elle ne l'avait pas envisagé, mais finalement pourquoi pas, cette expérience sans conflits, sans crises majeures, ces quelques jours de sa vie, avaient plus d'impact qu'elle ne l'avait imaginé jusqu'à ce jour. Cette expérience étrange avait installé dans les rouages de son cerveau, une forme de désillusion quant à la relation amoureuse, une idée qui diffusait lentement, nourrie des souvenirs de restaurants, de nuits à l'hôtel, de week-end en bord de mer, sans saveur, sans appétit. Les années finissaient par rendre la vie insipide, ennuyeuse et banale.

Un coup de jeune s'imposait, allez hop ! du balai, on allait dégager tout ça, faire place nette, repartir sur du neuf. Adieu souvenirs inutiles et superflus, gardons le meilleur, l'intéressant, ce qui a du goût, le fade, le subtil, on s'en fou, au diable la subtilité, place aux vraies émotions, celles qui parlent, qui font avancer, qui rendent la vie vivante. Les souvenirs à deux balles, ceux qui font douter, les « … ah oui, ça je connais, je l'ai déjà fait » aux oubliettes, les « Plus jamais je ne ferais ça » arque boutés sur leur certitude, à la poubelle, fini les apriorís, les « C'était mieux avant » basta, « avant », on s'en balance, l'avenir c'est demain, alors le passé mon cul.

Lucie était encore dans ses pensées, lorsque le véhicule autonome la déposa à son rendez-vous. D'un pas déterminé, elle entra dans l'immense hall de l'immeuble *Numéribrain* ©. L'hôtesse d'accueil lui donna un formulaire et lui indiqua l'ascenseur afin qu'elle se rende au quatorzième étage, service Master-Brain. Un technicien l'accompagna dans une toute petite pièce sans fenêtres, lumière tamisée, au centre, un grand fauteuil, très ressemblant à celui de son dentiste.

– Installez-vous confortablement, nous allons démarrer le scan cérébral dans dix minutes, profitez-en pour compléter votre dossier d'enregistrement, M. Kopack, notre docteur radio-scanner va passer dans quelques instants.

Lucie compléta les documents, ayant soin de mentionner qu'elle déchargeait les établissements *Numéribrain* © de toute responsabilité, en cas de défaillance due à une résistance mnésique du patient pouvant provoquer une perte irréversible.

– Bonjour madame, tout va bien ? L'homme aux cheveux grisonnants et aux lunettes à écailles n'attendit pas de réponses et poursuivit de son débit rapide et monocorde. Je suis le Docteur Kopack. Je suis chargé de votre mémo-scan, il nous permettra d'établir votre nouveau profil mnésique. Vous avez des questions ?

– Et bien, j'ai signé le dossier, mais je ne comprends pas bien « la défaillance mnésique », c'est fréquent ça ? demanda

Lucie quelque peu inquiète.

– Ne vous inquiétez pas, à peine un pour cent des cas. Si vous êtes certaine de votre choix de réinitialisation de mémoire, il n'y a aucun problème. Certains patients ont des doutes, ils ne sont pas certains de leur choix, alors ça peut poser des problèmes. Mais ce n'est pas votre cas n'est-ce pas ? conclut le docteur dans un sourire professionnel.

– Non c'est vrai, j'ai bien pris le temps de la réflexion. Je suis déterminée. Vous allez m'endormir ?

– Parfait alors, je vous pose les électrodes et c'est parti. Je ne vais pas vous endormir, mais vous allez rentrer en catalepsie dans cinq, quatre, trois, deux, un. C'est parti pour deux heures de scan. Bonne nuit.

Lucie ne se souviendrait plus d'avoir entendu le décompte, à la suite duquel elle était passée en mode mémo-scan. Comme la plupart des patients elle reprendrait connaissance deux heures plus tard environ, demandant au docteur Kopack s'il avait commencé le scan. Avec le même sourire professionnel, il répondrait comme à chaque fois : « Scan terminé, vous avez bien travaillé, alors vous méritez un bon petit déjeuner. » Il laisserait l'hôtesse du service poser le plateau sur une table roulante et sortirait en lançant : « Je vous vois juste après pour la suite du protocole. »

A TABLE !

Les souvenirs peuvent parfois refaire surface à la suite d'une odeur, d'une musique, d'une boisson, d'un dessert... Sans qu'on en comprenne vraiment le cheminement, le plat que l'on vient d'amener sur la table évoque étrangement des instants du passé. Quelques fois, les chemins sont tortueux, ils paraissent même improbables. Pourtant la mémoire se construit ainsi, par liens improbables, sortes de circonvolutions dont le sens peut quelques fois nous échapper, mais qui respecte néanmoins une certaine logique.

Ainsi je me souviens d'une discussion avec mon père, nous étions à table et vraisemblablement on mangeait un pot-au-feu. Je dis vraisemblablement, car j'ai beau chercher, rien ne me vient sur le repas. Par contre, ce dont je suis sûr, c'est de ce qu'il nous a raconté ce jour-là. Mon père parlait énormément et j'ai oublié beaucoup de choses, mais cette histoire, elle m'avait plu, à tel point que je l'ai racontée souvent par la suite.

Mon père était allé voir un spectacle, ou plutôt une lecture de Jean Pierre Chabrol, l'écrivain cévenol, originaire d'Alès, me semble-t-il, pas le cinéaste. Au fur et à mesure que je ramène ce souvenir à la surface, je m'aperçois qu'il n'est plus aussi précis que je l'imaginais. Alors je l'avoue, j'ai un peu triché, j'ai jeté un œil sur internet. Mais juste un œil, car, ce qui fait la force de ce souvenir, c'est que lorsque mon père nous avait raconté cette histoire, je m'étais dit : « Tiens, c'est pas mal Chabrol, il faudrait que je le lise ou qu'on aille le voir lors de ses lectures. » Je dois l'avouer, je n'ai jamais vu ni lu du Chabrol, et donc encore moins cette histoire, que pourtant je trouve délicieuse.

En fait, Chabrol raconte son enfance à Alès. Alors qu'il est gamin, il va chaque semaine voir sa « mamée » avec son père et invariablement elle leur prépare une soupe avec les légumes du jardin. Il faut dire que la grand-mère de Chabrol était d'un milieu paysan, elle habitait à la campagne, à quelques kilomètres d'Alès. Dans mes souvenirs, je croyais que c'était un pot-au-feu. Bref, le père de Chabrol, qui adore cette soupe, en demande la recette à la « mamée ». On fait donc la soupe directement à l'appartement, mais le goût n'est pas du tout le même. On soupçonne que le problème vienne des légumes, c'est évident, les légumes du jardin n'ont rien à voir avec ce que l'on peut trouver en ville.

Alors la semaine d'après, on ramène les légumes du jardin. On goûte à nouveau la soupe de « mamée ». Rien à faire, ce n'est pas le goût de l'original. Il doit y avoir autre chose, si ce ne sont pas les légumes, ce sont certainement les ustensiles qui ne vont pas.

La semaine d'après on ramène les casseroles et tous les ustensiles de la campagne. Nouvelle dégustation. Verdict, non, ce n'est pas le goût de la soupe de « Mamée ». Perdant patience le père décide de faire venir sa mère à Alès avec les ustensiles et les légumes. Dégustation, dans un silence qu'on imagine religieux, regards croisés, une deuxième cuillère, non, ce n'est pas ça, rien à faire.

Il fallait bien l'admettre, la soupe de « Mamée » ne pouvait pas s'exporter ailleurs. Je pense qu'il y a plus particulièrement trois éléments qui m'ont séduit dans ce récit. Tout d'abord le côté accumulation, on ramène les légumes, puis les ustensiles et enfin la mamée, c'est assez drôle et le suspens fonctionne plutôt bien. Et puis cette idée, que je pense très « chabrolienne », que ce qu'on vit et qui va constituer par la suite notre mémoire, n'est pas un élément particulier, ici la soupe en l'occurrence, mais un lieu, des gens, des odeurs, des sons, bref c'est unique, non transposable, impossible à revivre autrement. Enfin, un souvenir de soupe, tout du moins de plat auquel on associe des morceaux d'enfance, je trouvais ça vraiment bien vu. Un peu jaloux même de ne pas avoir un souvenir du même tonneau.

Finalement, je n'ai pas un souvenir de soupe, mais j'ai le souvenir de mon père racontant cette histoire de soupe. Lui aussi avait trouvé un intérêt dans ce conte, je dis conte, car le livre dans lequel on peut lire ce récit est « Contes à mi-voix ». Je ne pense pas me tromper en disant que Chabrol était assez sensible à la transmission orale. Toutes ces histoires racontées au coin du feu, du temps où la télévision et autres écrans, n'étaient pas encore omniprésents dans les maisons. On racontait, on transformait, on inventait. C'est un peu ce que j'ai fait là, seule ma mémoire, et je dois l'avouer un petit coup d'œil sur internet — juste pour retrouver Chabrol et le titre du conte, je me suis bien gardé de le lire, j'ai peur que le charme n'opère plus — m'ont permis de retracer tout ça.

Le plus souvent, l'idée d'un type de souvenir permet d'en retrouver d'autres similaires, comme par enchantement. Chabrol m'avait donné l'idée de chercher des souvenirs culinaires de jeunesse et bien entendu, j'en ai trouvé. Pourtant les repas ont constitué pour moi de véritables épreuves, des tours de force, et même de terribles tortures, et ce, pendant des années.

Je pouvais rester plus d'une heure à table, finir une assiette était un calvaire, je n'avais jamais faim, et tant que je n'avais pas terminé, je devais impérativement rester à table. Bien souvent, je me retrouvais tout seul. Avec le temps, je me suis bien réconcilié avec la nourriture, et aujourd'hui cela ne pose plus aucun problème. J'ai un souvenir assez précis du moment où tout a basculé, je devais avoir dix ou onze ans. Nous étions à Montpellier, nous avions accompagné ma mère qui passait un concours administratif. Elle était secrétaire dans un collège. Il faisait un sale temps, il avait dû pleuvoir toute la matinée. À midi, nous sommes allés au restaurant, et j'ai pris un steak-frites. En un temps record, j'avais terminé mon assiette, pour la première fois j'étais le premier à finir. Quelle sensation, j'ai l'impression que c'était la première fois que je découvrais ce que c'était que manger avec appétit. J'ai certainement souhaité au fond de moi que tous les autres repas se déroulent de la même façon. J'étais passé de l'enfer au paradis, je ne voulais pas faire machine arrière. Je pense que ça a marché.

Cette sensation de découvrir le plaisir de manger, je peux la retrouver à l'occasion, il faut un jour de pluie, une brasserie et un steak-frites. J'ai toujours aimé la viande saignante, peut-être que ça vient de là, en tout cas. Au-delà du plat qui n'a rien d'exceptionnel, c'est la sensation de découvrir quelque chose d'insoupçonné, d'inimaginable, à savoir que manger peut être un plaisir, il suffit d'avoir faim. C'était loin d'être une évidence pour moi. Pendant des années, manger était une corvée, un passage obligé, dont l'utilité m'échappait. Depuis ce jour-là, j'ai totalement oublié cette sensation de non-plaisir à table. Je me demande même comment j'ai pu endurer un tel supplice pendant tout ce temps. En tout cas, je n'ai jamais souhaité retrouver cet état de non-appétit permanent, c'était bien trop humiliant au surcroit. On se moquait de moi, lorsque des amis venaient, les enfants allaient jouer pendant que je finissais mon assiette, je me faisais engueuler.

Au plus fort de cette « crise » qui rendait les repas si insupportables, à tel point que j'appréhendais même les instants qui précédaient le moment d'aller manger, accompagné de l'insupportable injonction : « A table ! », j'ai vécu la scène la plus humiliante de ma vie et la plus étrange à la fois. Excédé par mon incapacité à terminer dans un temps raisonnable, la bouillie que je mastiquais depuis un quart d'heure dans ma bouche, mon beau père se lève, me fait mettre debout et me dit : « je vais te mettre un coup de poing dans le ventre comme ça tu vas aspirer et tu vas avaler d'un coup, tu vas voir. » Il joint le geste à la parole et me donne un coup de poing, à peine appuyé, mais il fait le geste tout de même. Je n'en crois pas mes yeux, j'avais sept ou huit ans, je regarde ma mère, en me disant « mais regarde, c'est pas normal là, il me donne un coup de poing, c'est dangereux non ? » Rien, pas de réaction, je n'ai pas avalé, je me suis assis, et j'ai continué à mastiquer.

Ainsi tout un pan de ma mémoire s'est fossilisé en quelque sorte, je me souviens de cette période et de mon aversion pour passer à table, mais heureusement pour moi, ces souvenirs n'ont plus ni goût ni saveur. Je peux les regarder en face sans problème, sans crainte de revivre cette incompréhensible incapacité à manger avec plaisir. Curieusement, je ne pense pas que ma mère ait évoqué ce problème auprès de notre médecin, et c'est certainement mieux ainsi, un diagnostic d'anorexique aurait eu raison de moi. Je serais peut-être encore en train de me débattre avec les déplaisirs alimentaires à l'heure qu'il est. C'est absolument terrible, car les repas en France c'est trois fois par jour, tous les jours. Pour certains il est même impensable de sauter ne serait-ce qu'un repas. Peut-être que mon rapport à la nourriture a été influencé par cette période, en tout cas, sauter un repas ne me cause aucun problème. Ce qui ne m'empêche pas de prendre beaucoup de plaisir à manger ou même à faire la cuisine.

Même les souvenirs « fossiles », ceux qui flottent entre le souvenir et l'oubli, comme de vieux dossiers dont on aurait du mal à se débarrasser et qu'on laisserait dans un coin du grenier ou de la cave, on les oublie, mais ils sont là, au cas où.

SOUVENIRS DE SAVEURS OUBLIEES

- Je me souviens des aubergines à la tomate, ma mère me faisait ça lorsque j'allais la voir chez elle quelques mois avant que le cancer du pancréas n'ait raison d'elle. Je trouvais ça délicieux, alors que gamin, j'en avais horreur.

- J'ai oublié le goût du poulpe qu'on avait pêché avec mon grand-père à Palamos en Espagne. J'avais eu une sacrée peur, lorsque j'ai ramené l'animal aux tentacules dans le bateau et qu'il avait lâché son encre sur nous.

- Je me souviens des sardines grillées qu'on a mangées une fois à Sarabasche en Ardèche. Le fils du paysan que nous connaissions allait épouser une Marseillaise, c'est comme ça qu'on l'appelait — « Le Vincent, il s'est mis avec une marseillaise... » — c'était délicieux, et la Marseillaise m'avait dit : « Oui, c'est super bon, moi je mange tout. » Et elle a joint le geste à la parole. Je n'ai jamais osé engloutir une sardine comme ça, j'ai peur d'en être dégouté à vie.

- Je ne me souviens pas de la première fois où j'ai mangé des huitres. Et c'est assez curieux, car je me demande comment j'ai fait pour manger ça, moi qui étant gamin n'aimait pas les poissons et tout ce qui va avec. Aujourd'hui, j'adore ça, et j'arrive même à les manger nature, sans vinaigre à l'échalote ni beurre salé, c'est dire.

- Je me souviens des crevettes que l'on pêchait avec un copain de collège. Ses parents avaient un studio à Port Camargue, et les miens avaient un petit bateau qui nous servait surtout de caravane. Avec nos épuisettes, on attrapait des crevettes dans les rochers et sa mère les faisait frire à la poêle pour l'apéritif. Ses parents buvaient un pastis et nous un sirop ou un coca-cola. Les crevettes frites au beurre, c'était délicieux. C'est un peu une histoire à la « Mamée » de Chabrol. Je n'ai jamais retrouvé ce goût, et je pense que je ne le retrouverai jamais, mais il me reste des bribes de souvenirs.

- Je ne me souviens plus depuis quand j'ai arrêté de boire du café au lait, ni pourquoi d'ailleurs. Aujourd'hui, j'ai un assez bon souvenir du goût et plus précisément du goût des tartines trempées dans le bol. Je n'ai aucune envie d'y goûter à nouveau, bien que ce souvenir gustatif ne soit pas désagréable.

- Je me souviens des oursins que j'ai mangés avec mon père en Tunisie, l'année de mes vingt-cinq ans. C'était la première fois qu'il nous amenait là-bas, il connaissait bien cette région du Sud tunisien, et plus particulièrement les vestiges romains, l'archéologie aura été sa grande passion. Je le revois, il se régale, avec une petite cuillère je racle les parties orangées, je goûte, et malheureusement je trouve ça dégueulasse, alors que manifestement il se régale. Bien plus tard, plus de vingt ans après, j'ai à nouveau goûté des oursins qui venaient d'être pêchés à Carry le Rouet. On ouvre les bestioles sur un rocher et on tartine la chair sur un toast, c'est délicieux. Je suis surpris de voir Sabine se régaler, elle qui a horreur des huitres. Et là, je comprends qu'en Tunisie, les oursins n'étaient pas frais, ils n'étaient pas aussi charnus.

- Je ne me souviens plus du goût du coq au vin que faisait mon père, quelques fois le dimanche lorsqu'on avait des invités. Peut-être, que je n'aimais pas ça, mais ça me semblait super difficile à faire, très rare et très important, sinon pourquoi mon père le faisait, lui qui ne cuisinait jamais ?

LES JOLIES COLONIES DE VACANCES

À l'évidence, notre cerveau s'arrange avec la réalité. Certains éléments du passé peuvent bien disparaître à jamais ou s'estomper ou se transformer. C'est un peu comme s'il fallait ne conserver que certains souvenirs désagréables, afin de ne pas recommencer certaines actions aux conséquences désastreuses. Mais certains souvenirs se vident de leur substance, ils sont là, mais il n'en reste que le squelette. Au bord de l'oubli, posés là, ils se dessèchent indolents. D'ailleurs, c'est un phénomène assez connu, cela se traduit par : « Ce n'est pas grave, avec le temps tu oublieras les désagréments, tu ne retiendras que ce qui était bien, tu verras. »

La deuxième fois que je suis parti en colonie de vacances, j'étais vraiment motivé, je voulais retourner à Grizac en Lozère. Car l'année d'avant, si j'y avais été contraint et forcé, j'étais revenu enchanté. Pourtant le début avait été particulièrement éprouvant. Seul, ne connaissant personne, n'étant jamais parti de chez moi pendant plusieurs semaines, bref beaucoup de nouveautés, énormément de stress. Le premier jour, à l'heure du goûter, je vais aux toilettes en urgence, au pas de course, mais trop tard, la diarrhée a tapissé allègrement mon fond de culotte. Je suis au plus mal, je vais voir le moniteur, qui gentiment, sans s'affoler, sereinement, me donne deux cachets, m'accompagne aux sanitaires, et me met entre les mains un gant de toilette pour me laver. « Lave toi aussi le bout du nez », me dit-il. Je me regarde dans la glace, j'avais, sans m'en rendre compte, posé mon nez dans le fond de ma culotte, lors de ma vidange express. Il faut dire qu'il s'agissait de w.c. turcs, la position accroupie permet d'imaginer assez facilement le phénomène.

Démarrage catastrophique, et pourtant, très rapidement

nous allions former une équipe très complice avec mes camarades de chambre. Notre moniteur était adorable, on faisait des cabanes, des flèches polynésiennes. L'ensemble de l'équipe d'encadrement était complice, ça se sentait, jusqu'au personnel des cuisines. Et puis je me souviens des soirées à discuter dans la chambre, des veillées avec des sketchs, même si c'est un peu confus aujourd'hui, je revois le corps de ferme aménagé en réfectoire, au-dessus les chambres, sur le côté la cuisine, le pré aménagé en terrain de foot, la capote de la Deux Chevaux d'une monitrice traversée par une flèche polynésienne. On ne s'était pas fait engueuler, juste on avait simplement arrêté de jouer et ils avaient rafistolé la capote avec du scotch.

Lors de la sortie au Pont de Montvert, la plupart d'entre nous achetaient un Opinel, ça devait être une sorte de tradition, on pouvait tailler des flèches ensuite et jouer à plante couteau, mais là on se faisait engueuler. Le propriétaire de la maison de la presse, tabac, souvenir, avait certainement l'habitude de voir débarquer chaque été des ribambelles de gamins dans sa petite boutique. J'avais acheté un Opinel numéro huit à virobloc.

Et puis il y avait la marche jusqu'à Florac où l'on dormait dans le presbytère, me semble-t-il. Il me semble qu'il y avait quelques chants religieux lors des veillées, je ne me souviens pas très bien. Seuls les grands partaient à pied pour Florac, c'était un grand périple. Nous étions couchés, les garçons dans une chambre, les filles dans une autre, enfoncés dans nos duvets, lorsqu'en pleine nuit, arrivent deux filles en chemise de nuit, affolées, elles nous amènent dans leur chambre où l'une d'elles à une tête épouvantable, regard hagard, teint blafard, bref elle n'est vraiment pas bien. Il faut dire qu'elle ne s'était pas hydratée de la journée. Nous étions tous — les garçons — en admiration devant l'une des filles qui était venue nous voir dans sa magnifique robe de chambre. Voilà qui a alimenté nos conversations une bonne partie de la nuit lorsque nous sommes allés nous recoucher.

Et puis il y avait les deux petites sœurs eurasiennes, les filles d'un membre du personnel. Bien plus jeunes que nous, mais d'une beauté à couper le souffle. Et puis, les marches, les jeux de piste, la cabane au-dessus de l'eau. Cette année-là, j'ai énormément appris et surtout c'est à partir de cette période, que j'ai eu envie de faire moniteur de colonie de vacances, cela a certainement influencé mon goût pour l'enseignement.

Mais la deuxième année ! Quelle déception ! Je devais avoir dans les quatorze ans et je revenais dans ce hameau à quelques kilomètres du Pont de Monvert, avec plus de sérénité que l'année précédente. Pourtant ces trois semaines allaient s'avérer décevantes. Les moniteurs étaient particulièrement désagréables, l'équipe avait complètement changé. Mes souvenirs se sont peut-être un peu mélangés. Je sais que ma grand-mère et son compagnon — pépé Guy, mon grand-père — étaient venus me voir, elle et « pépé » avaient toujours beaucoup d'énergie, ça me faisait vraiment du bien qu'ils passent quelques heures avec moi.

Pour finir, je garde de ce deuxième séjour en Lozère, un souvenir gravé sur mon tibia. Je me revois appuyant mon pied sur une cordelette attachée entre deux montants des poteaux de foot en bois, visiblement installés pour la colo. Je me hisse de tout mon poids, en me servant d'un des poteaux comme point d'appui. C'est alors que la ficelle s'est rompue et que mon tibia droit s'est pelé littéralement sur le tronc mal équarri. Le sang s'est mis à couler, j'ai eu peur d'avoir des points. Finalement, on ne m'a pas amené chez le médecin, et je garde une belle cicatrice à cet endroit.

Je ne sais pas par quel mécanisme, ma deuxième

expérience en colonie de vacances, s'est transformée en une sorte de vieux reste sans émotion. En tout cas, j'ai oublié totalement les aspects désagréables, qui à l'époque m'avaient temporairement dégouté des centres de vacances. D'ailleurs, ce fut ma dernière colonie. Par la suite, j'en ai fait d'autres, mais en tant que moniteur. Nous étions pour la plupart, vraiment déçus de nos vacances, je ne sais pas si ma mère n'avait pas fait un courrier d'ailleurs. Pourtant, rapidement, les mauvais souvenirs se sont estompés, et ne sont restés que les moments agréables, les discussions dans la chambre, le quatre-quarts que l'un d'entre nous avait fait en se rappelant la recette de tête, ça m'avait fasciné.

Le temps a modifié profondément mes souvenirs de cette période. Sans que j'y prenne garde, les sensations, les émotions se sont recomposées. Inconsciemment, comme malgré moi, un tri s'est opéré, le désagréable s'est estompé, ce que j'avais tant aimé lors de ma première immersion en colonie est resté là, s'est certainement renforcé, et a gommé le reste. Un peu comme un mécanisme de survie, le cerveau semble garder ce qui l'arrange. Il oublie sans oublier, je me rappelle d'un séjour désagréable, mais je n'ai plus d'images précises, je n'ai plus de sentiment d'injustice ou d'incompréhension. Et c'est une chance, car j'aurai pu être découragé durablement, ne plus supporter les centres de vacances et ne jamais être moniteur par exemple. Or aujourd'hui, je sais que mon expérience d'encadrement en centre de vacances a énormément contribué à mon avenir professionnel, notamment.

Je me souviens que j'ai passé des vacances affreuses (aujourd'hui, j'ai du mal à dire affreuses, mais c'était ça à l'époque) et pourtant j'ai tout oublié. Exactement ce que l'on m'avait dit : « Ce n'est pas bien grave, finalement on ne retient que ce qui était bien. »

ANIMALS

- Je me souviens de mon premier et unique chat, quand j'étais gamin. Je l'avais appelé Junior, car j'avais vu ce mot sur une boîte de jeu, je ne savais pas ce que ça voulait dire, mais j'aimais bien sa sonorité. Par contre, j'ai complètement oublié qui nous avait donné ce chat, ni s'il était tout petit quand on l'a eu. Nous avons dû nous en séparer, en le laissant dans la copropriété de ma Grand-mère, qui le voyait de temps en temps, puis on l'a perdu de vue.

- Je me souviens que mon père m'avait amené avec lui pour tuer le cochon. C'était en Ardèche, je crois. Je me rappelle vaguement du moment où il a été égorgé, et qu'on récupérait le sang dans un seau. Il fallait remuer pour ne pas qu'il se coagule et faire ensuite du boudin. Il fallait racler la peau pour enlever les poils, j'ai alors appris qu'on pouvait en faire des brosses. « Rien ne se perd dans le cochon. » Par contre, je ne me souviens plus des gens qui étaient là, hormis mon père, ni de tout le travail qui permet de faire la charcuterie, qui est pourtant le plus long et le plus important.

- Je me souviens que lors des vacances de Pâques, nous étions allés dans le sud-ouest, visiter la grotte de Lascaux, les Eyzis... Nous avions amené une des copines de classes de Julien, notre fils, ils devaient être en sixième. À la fin du séjour, je leur demande ce qu'ils ont préféré, et sans hésitations, ils me répondent d'une seule voix : « Les poules ! » Effectivement, nous avions loué un gîte dans un hameau, et les enfants avaient passé pas mal de temps à l'extérieur, et notamment à courir après les poules. Je leur faisais quand même remarquer que se souvenir des poules, alors qu'on avait visité Lascaux, c'était quand même assez extraordinaire. A tout âge ses propres priorités et du coup ses propres souvenirs.

- Je me souviens que lors d'une ferrade avec des élèves, en jouant au football avec une vachette dans des arènes en bois, je me suis fait surprendre par le bovidé. À peine le temps d'entendre « Attention ! », je me mets à courir vers la rambarde, mais trop tard, la vachette est sur moi, je sens son museau sur mes épaules, et je tombe juste à ce moment-là. L'animal me passe par-dessus sans me piétiner, mais me donne un coup de sabot sur la tête, c'est la seule douleur dont je me souviens. Par contre, je ne me souviens pas de m'être relevé et d'avoir couru pour sortir de l'arène, ni d'avoir eu peur. Je pense que c'est allé tellement vite que le sentiment de panique n'a pas eu le temps de s'installer. Lorsque je me suis assis confortablement et en sécurité à l'extérieur de l'arène, un élève m'a dit en passant, tout en levant son pouce : « Monsieur, vous avez bien fait de plonger par terre, sinon vous auriez pris un sacré vol. » Je ne sais plus si j'ai avoué que je ne l'avais pas fait exprès.
- Je me souviens que lorsque j'étais en lycée agricole, un camarade de classe, m'avait fait découvrir le chant du rossignol. Ses parents avaient des terres, il connaissait bien, la nature, les plantes, les animaux, ce qui n'était pas du tout mon cas. Il avait repéré un rossignol non loin du lycée, et m'avait fait écouter le chant. Il m'avait dit « écoute le rossignol », je croyais qu'il plaisantait, car notre professeur de protection des cultures s'appelait justement monsieur Rossignol, il n'était pas commode d'ailleurs. Je me souviens que ça ressemblait à un instrument à vent, comme une flute peut-être, qui aurait fait un tas de notes très rapidement. Ça ne ressemblait pas vraiment à un chant d'oiseau, c'était tout à fait caractéristique, et très beau. Par contre, je suis incapable de le reconnaître aujourd'hui, j'ai totalement oublié à quoi ça ressemblait.

D'OÙ VIENS-JE

Lorsque j'étais enfant, je dirais entre cinq et sept ans, je savais assez précisément d'où je venais avant de naître. Puis j'ai par la suite imaginé de façon assez précise, où je serais après ma mort. J'étais fils unique, donc souvent seul, ce qui s'est traduit par beaucoup de réflexions solitaires. Je me parlais tout seul très souvent. Bien entendu, cette époque est bien loin aujourd'hui et le temps a gommé tout ou partie de ce que je pouvais ressentir à cet âge-là. Alors pour recontacter au plus près cette sensation que j'ai souvent ressenti, à savoir, la certitude de venir d'un endroit avant que je sois né, je me remémore la maison où nous vivions et plus précisément ma chambre.

Nous habitions Avenue Carnot à Nîmes, c'était en mille neuf cent soixante-neuf, mille neuf cent soixante-dix. J'avais cinq ou six ans. Dans ma mémoire d'enfant, l'appartement était assez grand, mais ma chambre était tout en longueur, et elle donnait sur l'avenue. J'y jouais souvent tout seul, ainsi que dans un jardin sur l'arrière du bâtiment, on y accédait par la cuisine. Mais il me semble que c'est dans mon lit que me venait ce genre de réflexions. Elles s'imposaient à moi comme une certitude. C'était aussi la période où j'avais peur la nuit, je me souviens qu'une de ces nuits justement, ma mère épuisée de se lever, s'était couchée avec moi dans le petit lit d'enfant, jusqu'au lendemain matin, je crois que j'avais bien dormi, elle, certainement beaucoup moins, toute recroquevillée dans ce lit miniature.

Je pouvais mettre un certain temps avant de m'endormir, car mes réflexions partaient dans tous les sens. C'est très certainement à ces occasions-là que j'ai échafaudé cette théorie du « d'où je viens ? » Avec les mots et la réflexion d'un gamin de cinq ans, j'avais imaginé une histoire que je tenais pour absolument évidente. Il m'est impossible aujourd'hui de retrouver précisément le scénario que j'avais imaginé. Les quelques bribes qui me restent n'ont plus le goût de la certitude de l'enfance, ce sentiment d'évidence, comme si tout le monde pensait et savait la même chose sur ce sujet.

Ainsi j'étais persuadé qu'avant la naissance chacun d'entre nous vivait dans une sorte d'apesanteur. On flottait ainsi dans l'espace, pour ma part, je me voyais flotter à l'âge que j'avais, sans que rien ne se passe. C'était une sorte de vide, ça ne faisait pas peur, c'était une sorte d'espace neutre. Un lieu d'attente, jusqu'à ce qu'une place se libère et que l'on atterrisse dans une famille avec un papa et une maman. C'est assez approximatif dans ma mémoire, j'ai dû en parler à ma mère à l'époque, malheureusement elle n'est plus là pour en témoigner. Mais je me souviens que j'étais intimement persuadé que c'était vrai, je dirai même que ça allait de soi. Et ce sentiment de certitude absolue, d'évidence même, je suis incapable de le retrouver aujourd'hui, il m'est impossible de recontacter cette sensation enfantine qui permet de croire sans aucune réticence à une histoire complètement abracadabrante, au même titre qu'on croit au père Noël sans le moindre doute.

Ces changements majeurs qui s'opèrent certainement dans notre cerveau, ne résistent pas au temps, la fin de l'enfance emporte définitivement dans l'oubli le plus profond, ces sensations de savoir absolu, ces évidences, qui permettent de tout expliquer de façon claire et définitive, mettant ainsi fin à tout questionnement.

Il en va de même pour la mort, à un détail près, c'est que je ne sais pas ce qui se passe après.

De nombreuses études ont montré que les plantes sont capables de se souvenir d'un stress (climat, torsion, etc.) et de s'adapter à leur environnement. Cette mémoire varie de quelques jours à une quarantaine de jours pour le Mimosa pudica par exemple, qui selon l'équipe de Mancuso montre aussi des capacités d'apprentissage.

Au laboratoire de Bruno Moulia à Clermont-Ferrand il a été montré que la plante est même capable de faire certains « calculs ». Pour autant, Francis Hallé, botaniste français, prévient qu'il ne s'agit pas d'une « mémoire ou d'un apprentissage comparables aux nôtres. Une plante que vous n'arrosez que rarement par exemple, aura l'habitude de vivre au sec, elle s'en souvient. Par contre si vous l'arrosez beaucoup, et bien le jour où vous ne l'arrosez plus elle meurt. Car la plante dépend aussi de ce qu'il lui est arrivé dans les époques antérieures. »

Cette mémoire est généralement activée avec l'expression d'un gène jusqu'alors inactif. « Les gènes peuvent être modifiés chimiquement par des facteurs environnementaux tels que le stress, et ces modifications épigénétiques peuvent dans certains cas être transmises à la génération suivante. Cette sensibilité du génome est surprenante et nous commençons à peine à explorer la portée du contrôle épigénétique du développement de la plante », explique Lincoln Taiz, professeur émérite à l'université de Californie.

Si l'être humain a près de 25000 gènes, les végétaux en ont souvent beaucoup plus, comme le riz, qui en compte plus de 40000. Alors que l'animal a la possibilité de se déplacer, la plante a finalement trouvé ses réponses dans la richesse et la variabilité génétique. « Un gage de longévité », assure Francis Hallé, pour qui le plus important reste sans doute encore à découvrir.

LUNDI SIX NOVEMBRE DEUX MILLE CINQUANTE-SIX, ONZE HEURES TRENTE DU MATIN.

Le docteur Kopack vient d'entrer dans la chambre.

– Alors ce petit déjeuner ! Délicieux n'est-ce pas ?

Lucie est assise dans son lit un croissant à la main, les cheveux en bataille, les yeux plissés par la fatigue, elle esquisse un sourire.

– Un peu fatiguée ? C'est normal, le scan a un côté éprouvant, c'est un peu comme si vous aviez fait la fiesta toute la nuit. Ça va aller mieux dans la journée, vous allez voir. Le docteur marqua un temps de pause, puis rajouta, vous vous rappelez où vous êtes et qui je suis ?

Lucie regarda son interlocuteur, intriguée.

– Et bien, nous sommes chez *Numéribrain* © et vous êtes le docteur Kopack…

– Très bien, c'est un bon début. Nous allons pouvoir passer à la phase deux du protocole de réinitialisation mnésique. Le scan a permis de lister toutes les informations stockées dans votre mémoire, en même temps il a supprimé les éléments redondants.

En voyant la tête de sa patiente, le docteur comprend qu'il doit donner quelques précisions.

– En fait, certains souvenirs sont recontactés plusieurs fois, par exemple, vous racontez vos dernières vacances à Tahiti à des amis, puis à votre tante, à votre voisin… le souvenir évolue et votre cerveau compile des copies. Le scan procède à un rafraîchissement, ce qui équivaut à une compression de fichier sur un ordinateur si vous voulez.

– Donc là, on n'a rien effacé ?

– Oui, c'est même le contraire, vos souvenirs doivent être plus précis, certains disent plus lumineux. Au lieu d'accéder à des photocopies de photocopies, vous accédez aux originaux, si je puis dire. Vous allez vous en apercevoir si vous essayez de vous rappeler d'un évènement ayant eu lieu l'an dernier par exemple. Ceci étant, pour ne pas annuler les effets du scan, je vous conseille de rester au maximum dans le présent jusqu'à ce que l'on procède à la réinitialisation finale.

Lucie a fini son croissant, elle avale le jus d'orange posé sur le plateau. Et regarde le docteur, interrogative. Celui-ci prend une télécommande dans la poche de sa blouse et allume l'écran mural face au lit. L'image d'un cerveau apparaît, différentes zones sont mises en évidence.

– Voilà le cerveau, en bleu, l'hippocampe, c'est le centre de tri, tout ce qui va correspondre à des souvenirs d'évènements va passer par là. En rouge, le lobe temporal et en vert le diencéphale, ici ce sont les principales zones de stockage. En gris le cervelet, il stocke les habitudes, les automatismes. Le scan s'est concentré essentiellement sur les trois premières zones, et voilà ce que nous obtenons pour vous.

Une autre image apparaît montrant un diagramme circulaire, donnant une répartition des souvenirs en pourcentages.

– Pour passer à la phase deux, il vous faudra faire des choix. Sortant un pointeur laser de sa poche, le docteur pointa un premier diagramme sur l'écran. Ici, nous avons recensé les souvenirs en trois catégories. Vous voyez donc que soixante-dix pour cent de vos souvenirs sont considérés comme « chauds », c'est-à-dire très nets, enrichis de détails, ils constituent votre « bibliothèque principale ». La deuxième catégorie comprend les souvenirs « tièdes », moins présents, ils sont peu précis et ont un impact limité sur votre santé psychique. Enfin, les souvenirs « froids », ils sont pour ainsi dire oubliés, dans notre jargon on dit fossilisés. Ils peuvent quelques fois se réactiver. Ce sont, pour la plupart, d'anciens souvenirs « tièdes. » Vous me suivez ?

Lucie inclina la tête, son regard allant alternativement de l'écran au docteur.

– Des questions ? Lucie fit non de la tête. Alors je continue, sur ce deuxième diagramme, nous avons classé vos souvenirs en fonction de leur charge émotionnelle. Sur une échelle de un à dix, allant des moins consistants aux plus chargés émotionnellement, vous constatez avec moi qu'une majorité d'entre eux se situe dans la deuxième moitié de l'échelle, soit entre cinq et dix. Sur cette deuxième moitié, nous avons distingué les souvenirs chargés d'émotion positive et ceux dont le rappel est particulièrement traumatisant, ceux qu'on appelle les « mauvais souvenirs ». Vous me suivez toujours ?

– À peu-prés, mais ne me dites pas qu'il va falloir choisir ce qu'on garde et ce qu'on jette.

Le docteur Kopack esquissa un sourire, inclinant la tête sur le côté, il regarda sa patiente, s'efforçant de poser un regard bienveillant.

– Soyez rassurée, vous n'aurez rien à faire, je vais simplement vous indiquer les grandes lignes du protocole qui va suivre. Le principe général est de supprimer les souvenirs fossilisés, et la partie la moins active des souvenirs froids. Et pour ce qui est des souvenirs traumatisants, nous allons les garder, mais en les faisant descendre dans l'échelle émotionnelle, de sorte qu'ils se situent entre un et cinq, maximum. Je vous passe les détails, pour le reste, notre programme de réinitialisation procède à quelques ajustements, afin de conserver la cohérence mnésique de votre mémoire épisodique.

Le regard dans le vague, Lucie marqua une pause, avant de s'asseoir dans son lit, tout sourire.

– Parfait docteur, on commence quand ?

OUBLIS DE LECTURE

Non seulement j'ai oublié un tas de titres de livres que j'ai lus, mais aussi un nombre considérable d'auteurs. J'ai oublié les titres, le contenu, bref c'est terrible. Je peux me rafraîchir la mémoire en parcourant ma bibliothèque, et encore, un certain nombre sont partis à la poubelle. Sans compter toutes ces poésies mémorisées et aussitôt oubliées.

- Je ne me souviens pas vraiment de mon premier livre. C'est-à-dire le premier livre que j'ai lu de A à Z tout seul, mais je pense que c'est certainement un tome du « Club des Cinq » dans la bibliothèque rose. J'en ai lu énormément, mais je ne me souviens d'aucun titre. Je les dévorai, à tel point que je me forçais à lire plus doucement pour ne pas me retrouver sans lecture.

- Je pense que les premières BD que j'ai lues datent du cours élémentaire. Mon père achetait Pif Gadget une fois par semaine. Mais la première BD qu'il m'ait offerte est certainement Astérix le Gaulois. Le titre était écrit en lettres romaines, et le mot Gaulois, était noté : GAVLOIS. Je n'ai pas compris immédiatement que le V était en fait un U. je n'ai plus aucun souvenir de cet album, mais j'ai dû le lire une bonne dizaine de fois.

- Je ne me souviens plus comment j'ai fait pour acheter un livre de Stefan Zweig. Je me demande si ce n'est pas Bernard Pivot qui en avait parlé dans son émission : « Apostrophe ». Je crois bien que le premier livre que j'ai lu de cet écrivain magnifique est : *Le joueur d'échecs*. Par la suite, j'ai lu beaucoup d'autres titres, comme : *vingt-quatre heures de la vie d'une femme* par exemple. Je ne saurais plus raconter les histoires que j'ai lues de ce fabuleux nouvelliste. En tout cas, Le joueur d'échecs est une nouvelle fascinante, un homme seul dans une cellule joue des parties d'échecs dans sa tête, me semble-t-il.

- J'ai lu beaucoup d'essais sur la communication, notamment l'école de Palo Alto avec le fabuleux Paul WATZLAWICK, pas mal d'ouvrages de Freud, et aussi les quatre ou cinq tomes de la méthode d'Edgar Morin, intellectuel français d'une intelligence remarquable. J'ai adoré l'étude sur le suicide de l'inventeur de la sociologie, Émile Durkheim. J'ai le souvenir d'avoir eu une véritable soif de savoir, de me sentir intelligent, à travers les fabuleux écrits de ces auteurs merveilleux, aux qualités pédagogiques indéniables. J'ai aussi dévoré une bonne partie des souvenirs entomologiques de Jean Henri Fabre, observateur extraordinaire des insectes, éthologue fabuleux. Mais aussi des ouvrages de vulgarisation mathématiques, avec Ian Stewart, Simon Singh et son fabuleux théorème de Fermat, les conférences de Serge Lang. Je ne cherche pas à étaler ici ma science, aussi incroyable que cela paraisse, je prends conscience en écrivant ces lignes, que j'ai lu énormément d'ouvrages scientifiques, et surtout que j'y ai pris énormément de plaisir.

- Par contre, j'ai oublié plus des trois quarts de tout ce que j'ai lu. J'ai l'impression qu'il me reste des bribes, un fond, un état d'esprit. C'est assez terrible à admettre, mais au final l'oubli a tout emporté ou presque. Il ne reste pas rien, mais si peu, et si peu de précision dans ce qui reste. Ces lectures ont alimenté plusieurs mémoires chez moi, à la fois épisodique, mais aussi sémantique. Ces lectures chargées d'émotion et de savoir sont malgré tout un véritable trésor. J'ai juste le sentiment de ne pas avoir utilisé toutes ces informations comme j'aurai pu. Impossible de partager toutes ces connaissances avec mes élèves par exemple. Au risque de devenir ennuyeux je préfère finalement me satisfaire de ce qui reste de ces séances de lecture si fructueuses, qui ont du même coup alimenté mon imagination et ma créativité.

- Je me souviens de quelques fables de La Fontaine, mais j'en ai oublié la plupart. En tout cas, cet auteur, souvent jugé, injustement, comme un moraliste au service de l'école primaire, dont les écrits seraient d'une banalité affligeante, occupe chez moi une place toute particulière. C'est par hasard qu'un jour je suis tombé sur un ouvrage parlant d'intertextualité, sujet particulièrement ardu, mais diablement passionnant. Je suis incapable d'en donner le titre ni l'auteur, mais ce dernier faisait une lecture des fables extrêmement érudite, mettant au jour toutes les influences des textes des grands philosophes qui ont inspiré l'auteur des fables, mais aussi l'influence des fables sur d'autres auteurs. Malheureusement, on oublie que ce très cher Jean de la Fontaine, était un auteur délicieusement insolent et même libertin à son heure, il a complètement dépoussiéré les fables, pour en faire des textes d'une rare intelligence et d'une fine insolence. Quel bonheur d'écouter Fabrice Lucchini, récitant une fable de la Fontaine.

T'AS CRU AU PERE NOEL !

Certains évènements de l'enfance sont particulièrement marquants. Ils forment comme une sorte de point de bascule, un seuil au-delà duquel les changements opérés sont irréversibles. J'ai pris conscience de ce phénomène étonnant en travaillant sur des questionnaires de type « Questionnaire de Proust ». Cet exercice que j'ai pratiqué en classe de BAC PRO, et que je pratique encore à l'occasion, avait pour but d'initier les élèves à l'exercice de l'interview. Je voulais un questionnaire original, dans lequel l'interviewé serait surpris par la nature des questions. L'objectif était de dresser un portrait de la personne interviewée. Il y avait donc des questions du type : si tu étais un animal, tu serais… ? Si tu étais un personnage célèbre… ? Quel est ton dessert favori… ? Une insulte préférée… ? Et parmi ces questions il y avait : « Depuis quand tu ne crois plus au Père Noël… ? » Au premier abord anodine, la question s'est avérée diablement pertinente.

Ainsi j'ai eu la surprise de découvrir que certains élèves n'avaient jamais cru au Père Noël, ou tout du moins ne s'en souvenaient pas, c'est assez rare, mais ça existe. D'autres ne souhaitaient pas en parler, ce souvenir est souvent chargé en émotions. D'autres enfin n'avaient pas de souvenir précis. Mais ce qui m'a marqué et que je trouve toujours étonnant d'ailleurs, c'est que pour la plupart des personnes interrogées, le souvenir de la découverte de la supercherie est assez précis, certainement car il est émotionnellement riche de ressentis des plus variés.

Ainsi certains ont vu leurs parents amener les cadeaux, d'autres ont été victimes du manque de discrétion de leurs ainés, grand frère, grande sœur, camarade de classe, bref, le passage de la croyance en un personnage magique, à l'incrédulité totale est très rapide et ne tient qu'à quelques détails. Du jour au lendemain, l'enfant que nous étions a basculé dans un autre monde, moins merveilleux, plus réel, tristement réel.

Bien entendu, avec le temps, le souvenir a perdu de sa charge émotionnelle, pourtant cette question s'est imposée à moi il y a une quinzaine d'années et je me suis surpris à la reprendre encore dernièrement avec des élèves de seconde. Toujours le même effet, le débit de la voix change, les mots deviennent hésitants, les traces d'une cassure sont encore très présentes chez ces adolescents d'une quinzaine d'années.

En ce qui me concerne, le souvenir de « la mort du Père Noël » remonte à l'année mille neuf cent soixante et dix, soixante et onze, je pense. J'étais au cours élémentaire à l'école primaire Talabot à Nîmes. Une année particulière pour moi, puisque c'est l'année du divorce de mes parents, année qui s'est soldée par un redoublement. Je ne garde pas de bons souvenirs de ce vieil instituteur, qui devait être à un an de la retraite. Dans la classe, il y avait deux élèves me semble-t-il, qui étaient inséparables. Je me souviens qu'ils s'étaient moqués de moi car je ne savais pas lire le mot « monsieur » que je lisais « mon sieur ». La réflexion, somme toute anodine, m'a blessé, par cette remarque, ils avaient mis en évidence mon niveau scolaire lamentable, j'en avais honte.

Je pense que ce sont les mêmes qui un jour de janvier je crois, m'ont affirmé que le Père Noël n'existait pas. Bien sûr, je ne les croyais pas et soutenais le contraire avec véhémence. Mais le mal était fait, j'ai fini par demander à ma mère si le Père Noël existait ou non ? La réponse fut sans appel. Quelle tristesse, les autres fêtes de Noël ne furent plus les mêmes. Les cadeaux n'avaient plus la même valeur, la magie n'opérait plus vraiment, même en essayant de retrouver les sensations « d'avant que je sache la vérité », je ne parvenais qu'à une pâle copie. La réalité avait rendu le rêve caduc, il ne me restait que quelques souvenirs, dont la qualité émotive s'émoussa finalement avec le temps. L'oubli avait opéré, grandir signifiait oublier l'enfance, le changement était irréversible.

Plus tard, mon statut de père s'accompagna de la lourde responsabilité de ne pas dévoiler la supercherie — secret d'adulte — à mon fils. Non seulement je suis plutôt content d'y être parvenu, mais dès qu'il a été mis dans la confidence, j'ai bien insisté : « C'est un secret Julien, tu ne dois surtout pas aller le raconter aux plus petits que toi. D'accord ? » On a le temps d'oublier, certaines choses en tout cas. À bien y regarder cette croyance est un peu ridicule, enfin, pas plus qu'une autre après tout, mais elle permet de connaître des instants de bonheur, que seules l'innocence et l'énergie de l'enfance permettent de vivre.

SENSATIONS PERDUES

- Je n'ai plus le même engouement que j'éprouvais dans mon adolescence lorsqu'on allait au cinéma avec ma Grand-mère, c'était dans les années quatre-vingt. Elle était fan de Jean Paul Belmondo, on allait systématiquement voir ses films à leur sortie. Aujourd'hui, d'une part je ne suis plus du tout fan des films avec J.P Belmondo, notamment de cette période : Le Guignolo ou Le Professionnel, et aller au cinéma n'a plus la même saveur. Oublié, même si c'est toujours agréable de se faire une petite sortie au cinéma.

- Avec Sabine, nous avons découvert réellement le ski de piste vers l'âge de vingt-cinq ans. Une chance, car les joies de la neige, les chutes improbables, les parties de rire, nous les avons vécues assez tard et j'en garde de nombreux souvenirs. L'attente qui précédait un week-end ou une semaine au ski, nous occupait largement une semaine : regarder la météo, préparer les affaires, appeler les amis qui venaient, regarder le plan de la station, se rappeler de la dernière sortie, bref, on comptait les jours. Aujourd'hui, on se dit qu'on va passer un week-end, si le temps le permet, sinon, ce n'est pas grave on restera au chaud à la maison. Oubliée, la frénésie de la neige, c'est autre chose.

- Aller au restaurant, génial, surtout les premiers restos d'ado, avec la petite copine ou des amis. Prémices de l'autonomie. Avec le temps, le restaurant se désenchante quelque peu, les sensations qui précédaient la sortie, qu'on projetait depuis plusieurs jours, ne sont plus vraiment là. Le temps a fini par laisser l'oubli s'emparer de ces nouvelles sensations. Ceci étant nous allons de plus en plus au restaurant, et c'est toujours agréable. Par contre, nous sommes devenus beaucoup plus exigeants.

- Les fêtes, les Férias, les anniversaires n'ont plus la même couleur ni la même texture. Tout est devenu un peu plus pastel, je me souviens d'avoir attendu avec une impatience non dissimulée, des bringues que je trouvais fabuleuses, bien avant qu'elles aient lieu. J'adore encore faire la fête, ouf, mais de la même façon que je ne crois plus au Père Noël, les sensations se sont modifiées. J'ai bien cru qu'il allait se passer la même chose, que l'oubli m'aurait volé ces belles sensations, cet engouement, cette envie de faire la fête. Puis l'inquiétude et le doute ont laissé place à un constat : mes sensations sont différentes, mais elles sont là. Finalement l'oubli, on s'en balance, on vit autre chose. (Petite parenthèse, pour moi, l'expression : « on s'en balance », fait référence à « Retour vers le futur N° 1 », à la fin, lorsque Marty s'étonne de voir que le *Doc* n'a pas respecté un principe scientifique absolument essentiel, à savoir le continuum spatio-temporel ? » et le *Doc* répond : « Et bien je me suis dit : le continuum espace-temps, on s'en balance… », enfin je cite de mémoire, mais dans l'esprit c'est ça. Aujourd'hui, j'appellerai ça, une « punch-line », une philosophie de vie.)

- Préparer un voyage pour les vacances, aller au théâtre, se baigner, conduire une voiture, prendre l'avion, faire du canyoning… même combat, l'oubli est à l'œuvre, il pousse loin derrière dans les réseaux labyrinthiques de la mémoire, les émotions perdues, obligeant le cerveau à inventer en permanence d'autres sensations, d'autres joies de vivre. Et c'est bien. Enfin… certainement.

PASSAGE INITIATIQUE

Il m'arrive d'être convoqué, comme de nombreux collègues, par le ministère de l'Agriculture, pour surveiller les épreuves du BAC PRO au Lycée agricole de Rodilhan. Il s'avère que j'ai effectué une partie de ma scolarité dans cet établissement. Y retourner, c'est en quelque sorte recontacter des lieux qui m'étaient familiers une trentaine d'années en arrière. Les bâtiments, les salles de classe, la cour de récréation font un peu office de madeleines de Proust. Cette année, je surveillais des élèves de terminale, dans une salle du premier étage. Observant la configuration du lieu, je me disais que j'avais certainement dû avoir cours dans cette salle, et en même temps je ne sais pas si elle n'a pas subi quelques modifications. La porte d'entrée n'était pas désaxée du mur pour former une sorte de sas en épi, comme c'est le cas aujourd'hui. Enfin, je crois. Tout en regardant les élèves plancher sur leur épreuve de français, je laissais mon esprit vagabonder dans les lieux.

Me reviennent alors en mémoire des visages d'élèves, de profs, des images de sorties, d'internat... une sorte de puzzle se matérialise, laissant de grands espaces vides, de nombreuses pièces sont manquantes. J'ai bien conscience que ces souvenirs sont tout sauf la réalité, ils ont pour seule utilité de constituer une trace tangible des situations que j'ai vécues au début des années quatre-vingt. Je m'aperçois alors que cette période a été particulièrement riche en évènements pour moi. Évènements dont je n'avais mesuré ni la concomitance ni la portée. Dans ces années-là, je vivais ma première passion amoureuse et en profitait pour perdre mon pucelage, quel bonheur ! Je poursuivrais mes études en BTA (Bac Technique de l'époque), après avoir obtenu haut la main un BEP qui m'avait fait prendre conscience de la nécessité de pousser un peu plus loin les études. Je payais cher, me semblait-il, mon manque de maturité et de travail au collège. Cerise sur le gâteau j'allais poursuivre en BTS au lycée agricole d'Aix Valabre, où j'allais rencontrer ma compagne qui sera aussi la mère de notre fils Julien. Dans le même temps, je prenais l'initiative de revoir mon père, avec lequel je m'étais fâché environ dix ans auparavant.

Cette promotion de première et terminale fut riche en rencontres. J'étais interne, il y avait beaucoup de complicités entre nous, beaucoup de respect, j'ai le souvenir de belles relations, y compris avec certains profs, avec lesquels nous avons eu le privilège de partager certaines soirées. C'est aussi pendant ces années que j'ai fait pas mal d'animation auprès des enfants, à travers les colonies de vacances l'été et les louveteaux pendant l'année scolaire. Cette expérience n'est certainement pas neutre, en tout cas elle m'a apporté énormément dans mon métier d'enseignant.

Dernièrement, j'apprenais dans une émission que les souvenirs ne servent pas qu'à mémoriser le passé, ils s'immiscent dans le présent, et ils permettent de se projeter dans l'avenir. Les progrès de l'imagerie cérébrale ont permis de mettre en évidence les zones du cerveau impliquées dans la remémoration du passé et dans la projection vers le futur, qu'on peut assimiler à l'imagination. Il s'avère que ces deux activités cérébrales partagent des zones communes. Nourri de tout ce que mon cerveau peut capter chaque jour, je m'aperçois que ces souvenirs de lycée ont dû influencer fortement les décisions que j'ai pu prendre par la suite. L'attirance pour l'enseignement, plus tard le théâtre, l'écriture. J'ai l'impression aujourd'hui que tout était là, en gestation. C'est aussi à cette période que je découvrais la psychanalyse, la psychologie, à travers les écrits de Freud, j'adorais les livres de Michel Tournier, une vraie soif de savoir. L'été qui a suivi le BTA, je faisais une colonie de vacances dans le Vercors pour des handicapés mentaux.

Je pense aujourd'hui que cette période fut un peu comme la « mort du Père Noël », une période charnière, un passage sans retour. De puceau je devenais émancipé, de petit gamin de collège insignifiant, au physique juste banal, perçu comme un gosse sans intérêt, par des jeunes lycéens qui semblaient plus expérimentés, habillés comme des étudiants qui avaient eu une relation amoureuse, fumé des joints, et pris une cuite, je passais au statut de jeune branché, qui fumait des cigarettes roulées. Notre prof de bio l'avait bien remarqué : « Lionel vous devenez complètement con » avait-elle lâché excédée. Il faut dire que tous ces changements s'étaient opérés rapidement, alors que je finissais le BEP où j'étais devenu à ma grande surprise, le premier de la classe. Il fallait se rendre à l'évidence, je ne serais plus jamais le gentil collégien obéissant, studieux, travailleur, qui ne sort jamais et qui a peur des filles. Plus jamais je ne pourrais ressentir ce que je ressentais à peine quelques mois auparavant. Ma mémoire n'allait garder que quelques évènements neutralisés par le temps de ce jeune préadolescent définitivement disparu. Je n'ai aucun regret, j'étais mieux après qu'avant, je découvrais que des gens s'intéressaient à moi, je prenais confiance, bref j'avais grandi d'un coup.

Ce n'est pas la première fois que je retourne au lycée de Rodilhan, qui se situe à dix minutes de l'école où je travaille actuellement, mais le contexte de l'examen et mon travail d'écriture autour de l'oubli et de la mémoire, ont influencé clairement mes perceptions. J'avais oublié, ou pour être plus précis, je n'avais jamais vraiment mesuré à quel point cette période avait constitué un passage majeur dans ma vie. L'oubli c'est peut-être aussi ce à quoi on n'a pas encore pensé, alors que tous les éléments sont là.

MEMO SCIENCE N°4

Oublier des choses rend intelligent

Deux chercheurs de l'université de Toronto (Canada) ont découvert que notre cerveau provoque intentionnellement l'oubli de certains détails de la vie. Le fait d'oublier nous permettrait notamment de nous adapter plus facilement à de nouvelles situations. Le rôle de la mémoire ne consisterait donc pas à retenir des faits précis sur de longues périodes de temps. D'après l'étude, oublier constituerait même une fonction cognitive tout aussi importante que se souvenir. L'incapacité de se rappeler de détails a longtemps été perçue comme un échec de certains mécanismes du cerveau chargés de stocker et retrouver les informations.
Le Monde supplément Sciences et Médecine du 28 Juin 2017

MARDI SEPT NOVEMBRE DEUX MILLE CINQUANTE-SIX, SIX HEURES DU SOIR.

Le protocole de réinitialisation mnésique était terminé depuis le début de l'après-midi. Les tests post réinitialisation avaient été effectués, tous les indicateurs étant au vert, le docteur Kopack prit la décision de renvoyer Lucie chez elle.

-Pour ma part tout est ok, vous pouvez rentrer chez vous et démarrer une nouvelle vie.

Lucie regarda le médecin, esquissa un sourire.

-Tout s'est bien passé alors ?

-Une nouvelle vie s'annonce, vous allez voir.

-J'y compte bien. En tout cas pour le moment je ne vois rien de changé.

Kopack marqua un temps d'arrêt, pencha la tête sur le côté, fixa Lucie dans les yeux, puis dit en détachant chaque mot :

-Vous avez changé Lucie. Et ça se voit.

De retour chez elle, la jeune femme prit une douche, et se laissa tomber sur son canapé. Une heure plus tard elle se réveilla en sursaut, pivota, s'étira, et s'écria.

-J'ai faim !

D'un pas de guerrière elle s'élança vers le frigo, l'ouvrit, scruta avec attention les quatre étages superposés un à un, jeta un regard furtif à l'intérieur de la porte. Non, rien ne lui faisait envie, ni la charcuterie, ni la salade, ni la tranche de saumon, ni la boîte de sushis, ni les yaourts. Resto ! pensa-t-elle immédiatement, elle qui n'allait plus guère au restaurant, sauf lorsqu'on l'invitait pour une soirée entre filles ou pour un repas de travail. Elle qui n'avait jamais imaginé aller seule au restaurant, qui aurait été incapable de conseiller qui que ce soit pour un bon menu, fonça dans la salle de bain se maquilla, s'habilla, et dans la même énergie pris son sac, claqua la porte et se rendit sans hésitation dans un restaurant chinois situé à un pâté de maison.

Lorsqu'elle fut installée dans un angle de la salle, son regard balayant tout l'espace et la rue au dehors à travers la vitrine chargée de dragons et de bonsaïs, elle sentit tout son corps s'apaiser, un certain bien être l'envahir, et seulement à ce moment-là, elle prit conscience que quelque chose en elle avait changé. Comme une jeune adolescente qui se paye son premier resto avec son argent de poche, elle appréciait avec une certaine fierté d'avoir choisi ce lieu ce soir. Elle allait passer une super soirée. N'écoutant que ses envies, elle commanda des crevettes, des brochettes de poulet, avala une pinte de bière et termina avec le dessert du jour, des profiteroles à la pékinoise, elle n'avait jamais vu ça. Elle se jura de ne jamais en reprendre. Repue, elle se laissa glisser sur sa chaise, et apprécia d'être là.

S'abandonnant à la contemplation des clients, suivant du regard le balai des serveurs, Lucie se sentait légère, l'esprit apaisé. Sa pensée l'amenait quelques jours plus tard, faisant du canoë avec sa nièce et son neveu. Elle leur avait promis de les amener, il faudrait qu'elle s'en occupe. De mémoire elle se rappelait avoir vu que la météo serait optimale ce week-end-là. Soudain une image se superposa à celle d'un client assis juste en face d'elle. Devant le visage de cet inconnu, son cerveau afficha le même visage mais plus jeune d'une bonne dizaine d'année. Le flash ne dura que quelques secondes, et provoqua un sursaut de surprise. Lucie sortit de sa torpeur et fixa le client qui pour l'heure engloutissait un nem pincé entre ses deux baguettes. Qu'avait-il bien pu se passer ? Certainement un effet secondaire de la réinitialisation. Curieusement le docteur Kopack ne l'avait pas informée de ce type de réactions.

Son regard était resté fixé sur le mangeur de nems, qui s'en aperçut suspendant son geste d'un seul coup, les baguettes plongées dans un bol de riz, les yeux fixés dans les yeux de Lucie. Soudain gênée, elle rougit, esquissa un léger sourire et se donna de la contenance en allumant son portable, faisant mine de lire un message fraîchement reçu. Rapidement elle lança un regard en direction de la table d'en face, le client avait repris sa mastication, mais curieusement son regard plongea à nouveau en direction de Lucie qui détourna la tête dans un réflexe incontrôlé. Qu'allait donc penser cet homme, d'une quinzaine d'années plus âgé, accompagné d'une femme du même âge, qu'elle ne connaissait absolument pas ? Manifestement lui non plus ne la connaissait pas, son visage poupon, sa fine moustache, ses cheveux légèrement ondulés et ses lunettes à écailles n'évoquaient aucun souvenir.

Il fallait mettre un terme à cette étrange sensation. Lucie se leva, alla payer l'addition, prit son manteau et ouvrit la porte du restaurant. Mais elle ne put s'empêcher de se retourner tout en sortant dans la rue, long ruban de lumière au milieu de la nuit. Son regard accrocha une dernière fois le client, plongé dans son bol de riz. Elle sentie encore une fois son regard plonger sur elle, se figea lorsque l'image du même visage se superposa à nouveau. Le cœur battant, une sensation de chaleur envahissant son visage malgré l'air frais de l'extérieur, Lucie s'élança sur le trottoir et d'un pas précipité repartit en direction de son appartement.

LES GOÛTS ET LES ODEURS...

Les odeurs et les goûts, peuvent faire voyager dans le passé, il en est ainsi de la célèbre madeleine de Proust. Dans ce somptueux passage, Marcel Proust fait des efforts surhumain de mémoire, se démenant avec son esprit dont il sent qu'il garde coincé dans le passé des traces d'un souvenir qu'il veut coûte que coûte retrouver intact. Seule certitude, c'est cette madeleine trempée dans une tasse de thé que sa mère vient de lui faire et qu'il prend à contre cœur, car il ne boit jamais de thé, qui est le déclencheur de cette merveilleuse sensation, dont l'origine est inconnue et qu'il faut absolument identifier. Après de gros efforts de concentration, se bouchant les oreilles, fermant les yeux, le jeune Marcel trouve enfin à quel souvenir enfoui dans les profondeurs de sa mémoire, le ramène à cette saveur si particulière, restée en sommeil durant toutes ces années, elle portait toujours en elle le souvenir de sa grand-mère qui chaque dimanche après la messe lui donnait un morceau de madeleine qu'elle trempait dans sa tisane.

Le fabuleux pouvoir d'évocation des saveurs et des odeurs est magnifiquement décrit. A tel point que nous avons certainement tous nos madeleines. Pour ma part j'ai précisément deux souvenirs que je pourrai qualifier de « Proustiens », par leur support gustatif et odorant. Mais à la différence de la madeleine en forme de coquille saint Jacques, ils sont à ma portée sans que je ne goûte ou ne sente le support matériel dont ils sont issus.

Le plus ancien des deux remonte au début du lycée. Nous avions trouvé, avec un ami, un hébergement dans une station de ski de fond en Ardèche, pour les vacances de février. Mais la particularité était que cela ne nous coûtait quasiment rien, car nous étions logés chez un curé. Je me souviens d'un personnage dynamique, très actif sur la station de ski, puisqu'il traçait les pistes de fond à l'aide d'une moto neige. Puis il emmenait des groupes auxquels nous nous joignions, pour faire des randonnées en ski de fond. Le soir on rentrait bien fatigués, après des journées bien remplies. Je me souviens que je devais constituer un rapport de stage, ce qui occasionnait un certain stress, car je me demandais comment je ferais pour finir dans les temps.

Un soir, nous sommes arrivés plus tard que d'habitude, le prêtre nous avait amené en randonnée avec un groupe, mais il avait mal estimé le temps de parcours et nous sommes arrivés au presbytère à la nuit tombée. La femme de ménage du curé s'était inquiétée de notre état, car nous étions frigorifiés. Le curé avait alors proposé à sa dame de compagnie de faire un vin chaud pour les deux jeunes. Je ne buvais pas de vin à cette époque et je n'avais jamais entendu parler de vin chaud. Sur la plaque de la cuisinière, une casserole remplie de vin était portée à ébullition, je crois bien qu'il n'y avait rien d'autre que du vin. Et sur la table recouverte d'une toile cirée à carreaux, étaient disposés deux grands bols dans lesquels on avait mis des morceaux de sucre, dont je me souviens plus le nombre, mais en quantité conséquente. J'appréhendais un peu cette étrange dégustation, mon ami devait avoir la même appréhension. Nous étions l'un en face de l'autre, nous prîmes notre bol à deux mains puis après un dernier regard complice, nous avalâmes une première gorgée. La cuisinière et le curé nous regardaient impatients de connaître notre verdict sur ce breuvage aux vertus reconstituantes bien connu des autochtones.

-C'est super bon en fait ! lança mon ami. Je confirmais, et nous avons vidé nos bols dans la foulée.

-Ils vont mieux, les jeunes, ils ont repris des couleurs, vous voyez. Avait dit le curé, en s'adressant à sa cuisinière, comme pour la rassurer.

Un grand bol de vin chaud, ça réchauffe effectivement. A tel point que nous sommes sortis dans la nuit sous la neige, avec seulement un sweatshirt. On sautait dans la neige en riant sans arrêt et sans raison, nous découvrions les vertus de l'alcool, environ un demi litre de vin chacun à quinze ou seize ans, ça vous plonge dans un autre monde, quel bonheur. Mais depuis ce jour je n'ai jamais retrouvé le goût unique du vin chaud du curé d'Ardèche. Ce petit vin, certainement de pays, chauffé sur la cuisinière au bois, dans ces immenses bols remplis de morceaux de sucres a pour moi, une saveur inégalée à ce jour. Saveur oubliée dans les tréfonds de mon cerveau. Serais-je capable aujourd'hui de retrouver ce goût, cette odeur ? En tout cas, lorsque je passe devant un stand de vin chaud dans une station de ski par exemple, le presbytère, le curé, les pistes de ski en forêt et cette expérience inoubliable de vin chaud, me reviennent en mémoire. Mais si je prends un verre, la saveur me semble bien banale, et en tout cas bien éloignée du breuvage originel. Je n'ai jamais osé refaire la recette sur ces simples souvenirs, certainement inexacts, de la préparation de cette potion énergisante. J'ai bien peur de préparer un bouillon imbuvable et gommer à jamais les quelques bribes de saveurs qui me restent en mémoire, et que j'imagine inégalables, tant ce vin chaud m'a semblé d'un goût fabuleux.

Le deuxième souvenir est une odeur. L'évènement est plus récent, j'avais environ vingt-cinq ans et j'étais en formation de formateur aux environs d'Orléans. C'était certainement le printemps. Nous étions en cours pour la semaine et on nous avait aménagé, dans l'emploi du temps, quelques sorties culturelles, comme le Château de Chambord, ou une exposition de peinture. A l'occasion de l'une de ces sorties, nous avions marché en forêt, c'était le printemps, la végétation était particulièrement luxuriante, la couleur verte dominait, en passant par de multiples variations, du vert tendre au vert foncé. Lorsqu'on vient du sud, de Nîmes par exemple, cette débauche de couleur est toujours assez étonnante. Quel contraste avec la végétation de garrigue adaptée aux sécheresses estivales.

Alors que l'on marchait sur un chemin forestier, une jeune collègue s'écrit de façon tout à fait naturelle : « Ça sent le sperme ici, il doit y avoir des châtaigniers en fleur. » Paroles surprenantes, je la regarde, et elle tend le doigt vers une zone dans la forêt : « Là, regarde, c'est un châtaignier, j'avais raison. » Effectivement, la fleur de châtaignier sent le sperme, pourtant, ce n'était pas la première fois que je me promenais sous des châtaigniers en fleur, ayant passé une partie de mon enfance en Ardèche, j'avais déjà senti cette odeur, mais le lien avec l'odeur de la semence masculine, ça je ne l'avais jamais fait. Il faut dire, que faire ce lien, laisse supposer que l'on connaît l'odeur du sperme. Pour un garçon, l'affaire va finalement de soi, mais pour une jeune fille, cela peut s'avérer plus délicat. C'est ce que révèle le Marquis de Sade dans un de ses textes, que j'ai découvert environ vingt ans plus tard.

« On prétend, je ne l'assurerais pas, mais quelques savants nous persuadent que la fleur de châtaignier a positivement la même odeur que cette semence prolifique qu'il plut à la nature de placer dans les reins de l'homme pour la reproduction de ses semblables.

Une jeune demoiselle d'environ quinze ans, qui n'était jamais sortie de la maison paternelle, se promenait un jour avec sa mère et un abbé coquet dans une allée de châtaigniers dont l'exhalaison de fleurs parfumait l'air dans le sens suspect que nous venons de prendre la liberté d'énoncer.

– Oh mon Dieu, maman, la singulière odeur, dit la jeune personne à sa mère, ne s'apercevant pas d'où elle venait... mais sentez-vous, maman... c'est une odeur que je connais.

– Taisez-vous donc, mademoiselle, ne dites pas de ces choses-là, je vous en prie.

– Eh pourquoi donc, maman, je ne vois pas qu'il y ait de mal à vous dire que cette odeur ne m'est point étrangère, et très assurément elle ne me l'est pas.

– Mais, mademoiselle...

– Mais, maman, je la connais, vous dis-je ; monsieur l'abbé, dites-moi donc, je vous prie, quel mal je fais d'assurer maman que je connais cette odeur-là.

– Mademoiselle, dit l'abbé en pinçant son jabot et flûtant le son de sa voix, il est bien certain que le mal en lui-même est peu de chose ; mais

c'est que nous sommes ici sous des châtaigniers, et que nous autres naturalistes, nous admettons en botanique que la fleur de châtaignier...

– Eh bien, la fleur de châtaignier ?

– Eh bien, mademoiselle, c'est que ça sent le f... »

Depuis ce jour, je ne peux m'empêcher de faire le lien entre ces deux odeurs. Impossible de retrouver l'innocence de ma première rencontre olfactive avec la fleur de châtaignier, mon cerveau a gommé définitivement les premières sensations, pour les remplacer par celles plus évocatrices de l'odeur de sperme. Un oubli olfactif, au profit d'une autre interprétation plus coquine et plus amusante, qui a le mérite de rester durablement ancrée dans ma mémoire. Sans le savoir j'ai fait là un lien mémoriel entre deux éléments, ce qui permet, dixit les dernières études en neurosciences, d'améliorer nettement le stockage en mémoire à long terme. Voilà qui est fait, et du même coup, cher lecteur, chère lectrice, il y a fort à parier, que l'odeur des fleurs de châtaigniers lors de la prochaine floraison, évoque à coup sûr « *...cette semence prolifique qu'il plut à la nature de placer dans les reins de l'homme pour la reproduction de ses semblables.* »

ODEURS

Curieusement, les odeurs sont tenaces, elles se posent dans un coin de la mémoire et y restent pour toujours.

- La santoline est une plante aromatique, au même titre que le thym. Son odeur est particulièrement forte, la sentir une fois, c'est ne plus jamais l'oublier. Cette odeur évoque pour moi mes premières années lycées. Devant le réfectoire, il y avait un massif de santolines et on attendait le moment du repas en triturant un morceau de cette plante, dont les effluves imprégnaient nos doigts pour plusieurs heures.

- Ça fait des années que je n'ai pas bu de café au lait, par contre je me souviens bien de l'odeur caractéristique de ce mélange, qui me ramène invariablement dans l'appartement où nous vivions à Bourg Saint Andéol en Ardèche. J'étais au collège et c'est à cette époque que j'abandonnais le chocolat du matin pour le café au lait. Ce changement de rituel marquait pour moi le passage vers la vie d'adulte, et nourrit insidieusement avec d'autres évènements tout aussi anodins, l'oubli de l'enfance.

- L'odeur de silex ou plus largement de minéral, ou encore, l'odeur de foin, d'épices, de poivre, de cuir de Russie... lorsque je goutte un vin, j'y pense très souvent et cela me ramène à un stage de dégustation des vins que nous avions fait en classe de BTS au lycée agricole d'Antibes. Je n'aurais jamais cru que l'on puisse retrouver toutes ces odeurs dans un simple verre de vin. Aujourd'hui, je serais incapable de retrouver précisément l'une d'entre elles, mais j'ai toujours le réflexe de sentir une lampée avant de le boire et je repense à ce stage et aux odeurs que l'on s'entraînait à repérer.

- La boîte à bijoux de ma voisine lorsque j'étais en CE2, avait une odeur particulière. Elle l'ouvrait et respirait une grande bouffée et puis me tendait l'objet pour que je fasse de même. Nous habitions un des premiers lotissements des années soixante-dix, à Marguerittes, un petit village à côté de Nîmes. Cette odeur était très marquée et on se demandait bien de quoi il pouvait s'agir. Ce n'était pas désagréable, mais pas non plus particulièrement subtil. C'était étrange. Je dirais, comme une odeur de plastique et de vanille mais très marquée. Cette odeur reste à jamais mystérieuse, je n'ai jamais rien senti de semblable depuis ce temps-là.

- Le chant du muézin qui fait l'appel à la prière, la chaleur moite de la brousse du sud du Sénégal, au lever du soleil, les odeurs d'huile de palme rance, mélangées aux odeurs de cuisine, à base de riz, de poulet, d'huile, de moutarde, de plantes locales. Puis l'odeur de la bile émanant du repas que je venais de vomir devant la case où nous étions logés, enfin le soulagement d'être libéré de ce trop de riz ingurgité la veille, et l'écœurement du trop-plein d'odeurs, particulièrement tenaces dans la chaleur moite de l'été. Nous étions, Sabine et moi en voyage au Sénégal, nous avions vingt ans. Ces odeurs sont unique, je ne les oublierais certainement jamais, et ne les sentirais certainement plus jamais non plus.

- Il y a une odeur que l'on ne sent plus de nos jours et qui remonte assez loin dans mon enfance, c'était certainement à la fin des années soixante. Ma mère avait acheté du poulet, je ne sais pas si elle l'avait plumé ou s'il restait encore des plumes dessus, mais en tout cas, elle faisait brûler les restes de rachis et il s'en dégageait cette odeur caractéristique de corne brûlée. Odeur que l'on retrouve lorsque malencontreusement on se fait griller les poils de la main sur un gaz ou un barbecue. Gamins on frottait nos poignets l'un contre l'autre pour échauffer les poils et on faisait sentir la peau en disant : « sent, c'est du poulet grillé. »

- Je pense que ma première copine, celle que j'ai embrassée sur la bouche pour la première fois de ma vie, sentait le patchouli. J'ai toujours associé cette odeur à quelque chose de doux, de chaud, de léger, d'adolescent. Je reste très incertain sur l'odeur, peut-être que mon cerveau s'est arrangé avec la réalité, impossible de retrouver précisément cette odeur. D'autant plus qu'à ma grande honte, je ne me rappelle pas même de son prénom, et que je ne l'ai jamais revue. Tout bien réfléchi, je ne me souviens plus comment elle était, mais je crois bien qu'elle était un peu forte, et pas aussi belle que j'aurais voulu, et ça me gênait. Mais pour un premier baiser, j'étais prêt à tout. En tout cas c'est un souvenir très lointain, très imprécis, allongé dans le gazon du lycée, mais un très beau souvenir tout ensoleillé.

MERCREDI HUIT NOVEMBRE DEUX MILLE CINQUANTE-SIX, DIX HEURES DU MATIN.

-Allo ! Je voudrais parler au docteur Kopack s'il vous plaît.

La secrétaire devait certainement avoir des consignes. Lucie comprit que malgré sa détermination, elle n'aurait pas le docteur au téléphone. « Mais vous pouvez prendre rendez-vous, demain jeudi à quatorze heures ? » Il faudrait donc patienter jusque-là. Finalement il n'y avait rien de bien grave, juste le visage de ce client la veille au restaurant. Depuis, rien de particulier, hormis le fait qu'elle redécouvrait des plaisirs oubliés. Depuis son retour chez elle, Lucie avait la sensation de redécouvrir son quotidien. Un peu comme si elle s'était absentée plusieurs mois à l'étranger et qu'elle prenait plaisir à retrouver ses petites habitudes. Mais curieusement, une sensation étrange la poussait dans le même temps à revoir certaines façons de faire.

Le petit déjeuner consistait depuis des années en un bol de céréales arrosé de lait, accompagné d'un jus de fruits. Pourtant ce matin, une irrésistible envie de café l'avait fait sortir de chez elle le ventre vide. Le bar du quartier, dans lequel elle n'avait jamais mis les pieds, proposait un petit déjeuner avec café, viennoiseries et jus de fruits, à un prix très raisonnable, alors pourquoi se compliquer la vie s'était-elle répété tout en prenant son sac à main, vérifiant qu'elle avait encore un peu de liquide dans son porte-monnaie.

Lucie se félicitait intérieurement de son initiative, jamais elle n'aurait fait ça auparavant. Mis à part l'étrange sensation de la veille au restaurant, ce visage qu'elle ne connaissait pas mais qui pourtant semblait évoquer un autre visage plus jeune, elle était contente d'avoir procédé à cette « réinitialisation cérébrale ».

Le café était parfait, le temps était légèrement brumeux, à travers la vitrine Lucie observait le balai incessant des passants, des livreurs, des taxis, bref, la vie en quelque sorte. Cet état de bonheur, de légèreté, d'insouciance, était tout nouveau et c'était délicieux. Pourvu que ça dure pensa-t-elle. Pour rien au monde elle ne ferait machine arrière. Aujourd'hui la journée était pour elle. Hors de question de la gaspiller inutilement en restant enfermée chez elle, après tout il y a des tas de choses à faire ici. Visiter une exposition, flâner dans les rues, manger une glace au jardin botanique, il n'y avait que l'embarras du choix. Avant le traitement, elle n'aurait jamais été dans cet état d'esprit, optimiste, enjouée, c'était comme une remise à neuf.

Son petit déjeuner terminé, Lucie sortit dans la rue d'un pas décidé, direction le musée d'art contemporain. Elle n'y mettait jamais les pieds, cette fois-ci elle était décidée. C'est à ce moment-là que son regard accrocha le visage du client qui l'avait tant intriguée la veille au restaurant. Il se produisit le même phénomène, un visage plus jeune d'une bonne dizaine d'années, se superposa à celui du passant. Il marchait en sens inverse, mais pris dans ses pensées, avançant dans le flux des autres passants, il ne l'avait pas remarquée. Trop intriguée, Lucie fit demi-tour sans plus réfléchir et emboîta discrètement les pas de l'inconnu.

Changement de programme, tant pis pour les expositions, la promenade dans les rues. La filature de l'homme inconnu était plus excitante. Malgré tout, cette image qui revenait à nouveau lorsqu'elle voyait ce visage avait quelque chose d'inquiétant. Connaissait-elle cet homme avant son traitement cérébral ? Elle n'en avait aucune idée. Et si elle avait oublié d'autres visages, d'autres personnes de son entourage ? Il fallait qu'elle sache si oui ou non ils se connaissaient. Il suffisait de lui demander finalement. Mais supposons qu'il dise non, le mystère resterait entier. Il était préférable de repérer un peu mieux qui se cachait derrière ce visage.

L'homme marchait d'un pas décidé, il avait certainement un rendez-vous car il regardait régulièrement sa montre et traversait les rues sans attendre la priorité pour les piétons. Lucie était plutôt fière, elle n'avait pas perdu sa cible de vue depuis qu'elle l'avait prise en chasse vingt minutes plus tôt. Entre temps il avait pris un café et acheté un journal. Il était habillé en complet veston, portait un attaché case, l'image d'Epinal de l'homme d'affaire. Faisant tourner la porte tambour de l'hôtel Pyrkam, il avança sans aucune hésitation vers une table basse où l'attendait son homologue féminin, image d'Epinal de la femme d'affaire, tailleur aux couleurs pastel, maquillage légèrement appuyé, brushing, talons, porte-documents ouvert sur la table à côté d'un verre d'eau minérale. Lucie s'était assise au bar de l'hôtel, juste en face du couple qu'elle pouvait observer à loisir, l'inconnu étant de dos, il ne pourrait pas la voir. Ne sachant que prendre, elle commanda un chocolat chaud. Impossible d'entendre la conversation qui allait bon train à la table juste en face. Il aurait fallu être juste à côté. Impossible de voir le visage de l'homme mystère. Se prenant au jeu de la femme détective, Lucie se surprit elle-même en allant aux toilettes tout en tenant discrètement son téléphone à hauteur de taille. Elle filma ainsi discrètement toute la scène. Il en sortirait bien quelque chose.

L'idée n'était pas mauvaise, mais au retour, il n'y avait plus personne. Envolés, disparus, une erreur de débutante pensa-t-elle, il ne restait plus qu'à payer le chocolat et à repartir comme prévu pour flâner dans les rues et les jardins. Mais l'envie n'y était plus, la filature ratée avait anéanti tous les espoirs qu'elle avait mis dans son enquête. Et puis c'était grisant de suivre quelqu'un à son insu.

-Ces clients qui payent par chèque, je pensais que ça n'existait plus. Résultat, pas de pourboire. C'est incroyable tout de même pour payer une eau minérale et un cocktail de fruits.

C'était le serveur qui venait de déposer le plateau sur le bar avec le chèque bien en évidence sous la soucoupe contenant l'addition. Quelle aubaine, pensa Lucie, il suffisait de prendre le chèque en photo et elle réussissait sa mission dans l'instant, bingo !

-Vous avez bien raison, je vous prends un jus de fruits et je vous règle tout en liquide, lança la jeune femme, tout en agitant son porte-monnaie.

Le garçon tout sourire fit le tour du comptoir, Lucie aux anges eu juste le temps de prendre discrètement le chèque en photo. Sourires, échanges de banalités, impatience de lire le nom et l'adresse de l'inconnu. Vite à la maison.

UN CHASSEUR DE SONS SACHANT CHASSER...

La saveur de la madeleine de Proust, les odeurs qui ont jalonné notre enfance, constituent indéniablement des marqueurs puissants, il s'y accroche des pans entiers de notre vie. Ces évènements échappent étonnamment à l'oubli qui guette la majeure partie de notre mémoire. Posés là, au bord du vide, à la frontière de la perte irréversible de contact avec notre capacité mnésique, ils peuvent ressurgir au détour d'un plat, d'un verre de vin ou d'une tasse de thé. Les sens constituent à coup sûr un excellent marqueur de souvenir. L'odorat et le goût semblent jouer un rôle prépondérant, plus intimes, plus personnels, ils gardent dans les profondeurs les plus inextricables de notre cerveau, des souvenirs dont nous n'aurions jamais soupçonné l'existence.

Les sons doivent jouer un rôle similaire. En tout cas c'est ce que je me suis dit, bien que j'aie appris récemment que dès les premiers mois de vie, le cerveau du nourrisson sélectionne certaines connexions cérébrales afin de reconnaître spécifiquement la langue de sa mère. Ainsi le bébé, tout d'abord équipé pour capter tous les sons qui s'offrent à lui, perd petit à petit son oreille absolue, pour se spécialiser dans la langue de ses parents. L'oreille est donc culturelle, j'imagine qu'il en est ainsi des autres sens. Peut-on retrouver des sons entendus dans la prime enfance ? Seraient-ils des marqueurs de mémoires auxquels pourraient se rattacher des souvenirs enfouis au plus profond, au plus intime ?

J'ai en mémoire un son, qui me permet de recontacter systématiquement un évènement assez ancien. J'avais entre douze et quatorze ans, j'étais au collège et le mercredi après-midi, j'allais souvent chez un copain qui habitait un peu en dehors du village, une villa entourée d'un terrain tout au bout d'un chemin, sans maison à proximité. Notre jeu favori consistait à faire péter des pétards. Bien entendu, avec le temps, l'exercice s'était enrichi. Il ne s'agissait pas simplement d'allumer une mèche et de jeter un pétard au petit bonheur la chance, non, il fallait une mise en scène. Récupération de tous les soldats qu'on possédait, girafes, lions, chevaux…. Construction d'un camp fortifié pour protéger tout ce petit monde, installation des pétards aux places stratégiques, allumage synchronisé, et boum.

L'opération pouvait être répétée plusieurs fois, car après chaque explosion, en artificiers consciencieux, nous faisions des propositions pour améliorer le carnage, augmenter au maximum les dégâts subis par les envahisseurs. Notre seule limite était la quantité de pétards, elle-même limitée par le budget que nous accordaient nos parents. Notre passion nous conduisit même à réunir tous les ingrédients nécessaires à la fabrication de poudre à canon, dont j'avais trouvé la recette dans une BD. Malgré nos efforts, le mélange n'a jamais explosé et c'est certainement mieux ainsi. Cerise sur le gâteau, ma grand-mère qui travaillait dans une usine qui fabriquait des explosifs, m'avait ramené des rouleaux de mèches. Nous étions aux anges, les pétards explosaient en série.

Nous étions tellement passionnés par nos jeux pyrotechniques, que nous étions certainement très assidus, mes souvenirs restent malgré tout assez confus. Mais un évènement m'amène à penser que nous étions très actifs dans nos jeux du mercredi. Ainsi, un de ces après-midi-là, un pilote d'avion eu l'idée saugrenue de franchir le mur du son, juste au-dessus de la maison, l'explosion fut violente, faisant trembler toutes les vitres. A l'intérieur se trouvait la grand-mère de mon copain, qui était là tout le temps et nous faisait des sandwichs pour le goûter. Une dame âgée, taiseuse, originaire d'Italie, je ne lui ai jamais vraiment parlé je crois.

Soudain elle apparaît sur le balcon, et nous dit : « Qu'est-ce que vous avez encore fait comme connerie ? » c'est certainement la phrase la plus longue que j'ai entendue de sa bouche. Evidemment nous avons éclaté de rire. Et nous étions aussi un peu fiers que la grand-mère pense que l'explosion fracassante du mur du son soit de notre fait, cela signifiait qu'elle pensait qu'on pouvait réaliser certainement un tel exploit.

Sans le mur du son et l'intervention de la mamie, je n'aurais certainement pas gardé à l'esprit ces souvenirs d'enfance, certes on faisait péter des pétards, mais je ne pense pas que cela m'aurait particulièrement marqué. Un avion qui franchit le mur du son, a pour moi une signification toute particulière, et à priori irréversible.

Les oreilles ont ceci de particulier, qu'on ne peut pas les fermer. Nous sommes abreuvés de sons en permanence. Dans ma mémoire, restent des sonorités de toutes sortes, des extraits de publicités, des chansons, dont la mélodie peut se déployer dans mon cerveau sans que je sois foutu de la retranscrire à l'identique, mon niveau de chant étant particulièrement mauvais. Et puis les chants d'oiseau, l'aboiement d'un chien, le bruit des vagues et du vent, j'ai dû mémoriser tout ça et j'en ai oublié certainement plus que ce qui me reste en tête aujourd'hui. Je me souviens de la tonalité de certaines voix, sans pouvoir le partager avec quelqu'un, c'est dans ma tête et seulement dans ma tête. Ça n'est pas complètement perdu, mais la survie de ces sons est très incertaine, je peux retrouver la voix de ma mère ou celle de mon père, je me souviens de la voix de Gérard Philippe racontant le Petit Prince, c'était sur un disque trente-trois tours, sur la pochette était dessinée la terre avec le Petit Prince dessus, enfin, je crois.

Tous ces sons se situent aux frontières de l'oubli, entre souvenir et imagination, ils ont certainement subi quelques modifications au fil du temps. Certains sont tenaces, et s'il ne tenait qu'à moi, je les effacerais volontiers. C'est notamment le cas des chansons. Quand j'étais gamin, nous écoutions la radio en voiture tout en respirant la fumée de cigarette des parents. J'ai écouté des centaines d'heures d'émissions et de chansons diffusées par Radio Monte Carlo. J'ai adoré ces émissions avec Jean Pierre Foucault, et ces chansons de variétés françaises qui passaient en boucle au milieu des années soixante-dix : Serge

Lama, Daniel Guichard, Joe Dassin, Annie Cordy…

Quarante ans plus tard, je ne suis plus tout à fait le même, et ce que ma mémoire d'enfant a conservé, est toujours présent dans mon esprit. La seule différence étant qu'aujourd'hui, je ne supporte plus ces chansons, que j'ai adorées à l'époque, je les chantais à tue-tête sur ma mobylette. J'en ai longtemps eu honte, d'ailleurs je n'en parlai pas, qu'est-ce que c'est ringard de connaître « Mon vieux » de Daniel Guichard, et de découvrir Neil Young ou Pink Floyd à presque vingt ans. Rien à faire, la variété française a baigné toute mon enfance avec ce qu'il y a de meilleur et de pire. J'ai aussi Brel, Gainsbourg et Georges Brassens, l'honneur est sauf.

La façon dont j'ai capté ces sons, l'importance que mon cerveau leur a accordée, cette volonté d'immortaliser toutes ces bribes de refrains, ces mélodies, toute cette machinerie cérébrale au service d'une culture qui aujourd'hui m'est complètement étrangère, me confortent dans l'idée qu'à ce moment-là j'ai ressenti une véritable empathie pour ces interprètes, et ça je suis incapable de le retrouver dans ma mémoire. Je me demande même comment j'ai pu écouter et apprécier tout ça. En fait il ne me reste que les paroles, la surface, la partie émergée de l'iceberg, le reste, je l'ai perdu.

CHANSONS ET PUBLICITES

- Je me souviens de chansons d'Edith Piaf ; « La vie en rose », « Mon homme », « Si tu m'aimes » (je ne suis pas certain du titre, mais j'ai bien le refrain, « Peut m'impor-teee si tu m'ai-meeeees, je me fou du mon-d'entier ») Pourtant cette grande dame est morte un an avant ma naissance. Je n'y avais jamais fait attention. C'est en voyant le film : « La môme », que j'ai réalisé que je n'aurais jamais pu la voir en concert, même dans le ventre de ma mère. Le plus étonnant étant que je n'ai jamais eu un disque d'elle, j'ai tout entendu à la radio.

- Je me souviens « Des petites femmes de Pigalle » de Serge Lama, et de quelques autres, de « Qui saura » de Mike Brant, et « Du téléphone pleure » de Claude François. Et bien d'autres encore, Julien Clerc et sa « Cavalerie », Jacques Dutronc en « hôtesse de l'air ». Toutes ces mélodies, ces paroles, les images qui s'y rattachent, tout ça est là comme des disques conservés dans des malles et dont on aurait d'autre choix que de les garder, impossible de les revendre ou de les donner. Je dois encore préciser que je n'ai jamais acheté de cassettes ou de disques de ces chanteurs. Si j'avais le choix, est-ce que j'effacerai « Mille colombes » de Mireille Mathieu ou encore « Riquiqui le petit kiwi » d'Annie Cordy ? Sur le coup je dis oui sans sourciller, idem pour la « Danse des canards » ou le « Petit bonhomme en mousse ». Mais après réflexion, c'est un peu comme ces vieux bouquins ou ces vieilles fringues qu'on ne remettra jamais, mais dont on a du mal à se débarrasser. En faisant ces efforts de recherche, aux recoins les plus improbables de ma mémoire, je m'aperçois que les oublis sont nombreux, les malles se sont vidées malgré moi. Une chose est certaine, je n'ai pas la main sur le devenir de vieux tubes devenus plus encombrants qu'émouvants.

- Pendant des années, j'ai conservé à portée de main des stocks incroyables de publicité. Aujourd'hui, ne regardant plus les pubs à la télévision, ne les écoutant pas à la radio, j'en ai oublié un bon paquet. C'est un peu comme si j'avais suivi une cure de désintoxication. La pub ne résiste pas dans le temps, il faut l'entretenir. J'ai tout de même quelques spécimens en magasin. J'aimais bien les publicités réalisées par Richard Gotainer, comme « Infinitif », qui a donné ensuite la chanson « Primitif », ou « Belle de champs ». Je me souviens avoir recherché dans le dictionnaire la définition du mot baguenauder. « Tu baguenaudes dans les pâturages… », c'est d'ailleurs assez incroyable d'avoir utilisé ce mot pour une pub de fromage. Certaines annonces que l'on appelait plutôt des réclames, portaient sur un produit et non sur une marque, dans le style, je me souviens d'un spot dans lequel un couple s'embrassait sur la bouche et l'homme se retournait face caméra et disait : « Hum, c'est bon, on dirait du veau. ».

- Certains génériques, se sont faits une place dans un coin de ma tête. Mais ici il y a certainement un peu de tricherie, car j'ai pu les écouter par la suite sur CD. Malgré tout, deux d'entre eux ont gardé une place privilégiée, ce sont les musiques des séries : « Ma sorcière bien aimée » et « Les mystères de l'Ouest ». Le premier, car je regardais cette série avec ma mère, au moment du repas, elle adorait. La seconde série correspondait à ce que l'on préférait à l'époque, à la fin des années soixante-dix. Le plus souvent ça passait à la télévision dans l'émission la Une est à vous. On se racontait les épisodes qu'on avait vus, pendant les récréations, on adorait les gadgets des cowboys agents secrets. J'avais appris à jouer le début du générique sur une corde de guitare.

MERCREDI HUIT NOVEMBRE DEUX MILLE CINQUANTE-SIX, MIDI QUINZE.

Lucie avait couru dans les escaliers, trop impatiente de découvrir le nom de l'homme mystère. Elle lança son sac sur le fauteuil du salon, se déchaussa tout en enlevant sa veste de tailleur et se laissa tomber sur le sofa. Ackerman, Quentin Ackerman, à la simple vue de ce nom, les connexions neuronales se déclenchèrent, provoquant un flux d'images familières. De ce désordre cérébral surgit un scénario au goût familier qui remontait aux années collège, mais dont elle avait complètement oublié l'existence.

Ce jour-là, Lucie avait mis sa robe à fleurs, et chaussé ses nu-pieds achetés la veille. Elle avait aussi une nouvelle coupe de cheveux, du fond de teint, du far sur les paupières, une pointe de mascara. Elle changeait, la petite Lucie, ce qui compliquait notablement les relations avec ses parents. Bien sûr ils ne savaient pas tout, et c'était mieux ainsi. D'autant plus que ses derniers changements d'apparence, n'étaient pas motivés par la rencontre d'un garçon de son collège, mais plutôt par un jeune enseignant d'une bonne dizaine d'années son aîné. Elle-même avait mis du temps avant de se l'avouer, mais Quentin Ackerman était bien la seule motivation de Lucie. En ce moment même, se remémorant ces évènements, elle ressentait, comme si elle avait fait un saut dans le passé, la même passion, le même vertige, les mêmes doutes.

Il faut dire que le jeune homme avait un charme envoûtant, qui ne laissait aucune jeune fille insensible. Dans sa classe, elle avait quelques concurrentes, et une en particulier, dont elle redoutait les assauts ravageurs. Inès avait une silhouette de mannequin, aucun garçon ne restait insensible à son charme. Cette grande blonde aux yeux verts faisait trois ou quatre ans de plus que son âge, et surtout elle n'avait pas froid aux yeux. Si elle n'y prenait garde, Lucie verrait, impuissante, son jeune prof de sciences tomber dans les filets de la pulpeuse Inès. C'était hors de question. Elle devait sortir le grand jeu, prendre l'initiative, quitte à subir les remarques de ses parents ou des autres filles de sa classe. Lorsqu'elle arriva au collège ce jour-là, elle sentit les regards sur elle, ils étaient insistants, inquisiteurs et interrogateurs. Après une phase de doute, sa détermination reprit le dessus, il suffisait qu'elle imagine une de ces gamines sans saveur dans les bras de son fiancé, pour qu'elle relève le menton, redresse ses épaules et traverse la cour sans sourciller. Fière de découvrir ses nouvelles capacités d'intimidation, Lucie brava le groupe des admiratrices d'Inès et s'engouffra dans le hall d'entrée.

Malgré ses insistances auprès de Quentin tout au long de la journée, Lucie sentait que sa concurrente avait un tour d'avance. Quelque peu découragée, elle avait repris le chemin de la maison, non sans faire un petit détour par la maison du professeur. C'était plus fort qu'elle, il fallait qu'elle voie le jeune enseignant rien que pour elle, en dehors de la classe, avoir l'exclusivité. C'est d'un pas décidé qu'elle avait remonté les deux rues qui la séparaient de son professeur de sciences.

Lucie ressentait dans cette évocation du passé, la tension émotionnelle qui emplissait la jeune écolière qu'elle était à l'époque. Elle se voyait distinctement en train de longer les grilles du jardin municipal, passer devant la mairie, et enfin marcher d'un pas décidé vers son objectif final, une villa au fond d'une impasse. Elle ressent alors, exactement ce qu'elle a ressenti à cette époque, son cœur s'est emballé, en voyant la silhouette d'Inès qui sortait de la villa et venait vers elle d'un pas décidé, suivie de près par le jeune professeur. Manifestement il y avait beaucoup de nervosité dans cette marche rapide, entre la course et le pas cadencé. Exactement comme ce jour-là, Lucie se réjouie intérieurement, n'osant pas vraiment s'avouer qu'elle est contente de voir sa rivale en mauvaise posture. Se dissimulant sous un porche d'immeuble, elle laisse passer le couple, qui poursuit sa course sans même se douter que la jeune fille les suit du regard, puis, après une brève hésitation, emboîte le pas des deux amants.

Lucie est complètement incrustée dans son sofa maintenant, les images du passé, accompagnées des sons, des odeurs, des sensations, l'ont plongée dans un état second. Elle se voit en pleine filature, faire le chemin inverse, jusqu'au jardin municipal. Le couple s'est engouffré dans le parc en courant, elle les suit toujours, mais elle a dû elle aussi se mettre au pas de course. A ce moment-là, elle voit Inès trébucher et s'allonger de tout son long dans une allée déserte au fond du jardin. Le jeune professeur s'est jetée sur elle, il l'immobilise à califourchon sur son ventre plaquant ses deux bras au sol. Il tente de la calmer, mais rien n'y fait la jeune fille crie, se débat, le griffe. A bout, il la gifle violemment à plusieurs reprises, la jeune fille semble s'être calmée, il a arraché sa robe, elle est étendue, les seins dénudés, visiblement inconsciente.

 Accroupie à distance, Lucie ne peut plus supporter ce spectacle, effrayée, épuisée, déçue, elle se relève et part en courant, le professeur se retourne, mais elle est déjà loin, courant jusqu'à perdre le souffle, elle s'effondre suffocante, elle perd connaissance.

Sur son sofa, Lucie à bout de souffle, sort soudain de son état hypnotique. Se relevant d'un seul mouvement, les yeux écarquillés, elle prend sa tête dans ses mains, elle est épuisée. Tout cela lui semble incompréhensible, elle avait totalement oublié cet épisode de sa vie. Que s'est-il passé ? Pourquoi ces souvenirs oubliés ont-ils refait surface ? Qu'est-il advenu de cette Inès ? Les questions se bousculent dans sa tête, emportée par un tourbillon, elle se laisse retomber sur le canapé et s'endort.

JE ME SOUVIENS DONC JE SUIS

Sans souvenirs, qui serais-je ? Sans mémoire serait-il possible d'apprendre, d'évoluer ? Notre personnalité, notre identité, sont constituées pour l'essentiel par nos souvenirs, sans eux, c'est le néant. Pourtant une évidence s'impose, nous avons plus d'oublis que de souvenirs. Ce que nous gardons en mémoire ne correspond qu'aux restes de ce que nous avons vécus, ressentis, retenus. Tous les jours des pans entiers de notre personnalité disparaissent définitivement de notre conscience. Certains éléments sont là, solidement implantés, d'autres plus fragiles, sont accessibles moyennant de gros efforts de mémoire, et puis la plus grosse partie disparaît, retirée de la sélection.

Mais qui donc fait la sélection ? Nous ? Avons-nous vraiment la main sur ce qu'il faut garder et ce qu'il faut éliminer ? Notre cerveau procède de façon parfois étrange. Certains souvenirs me semblent si inutiles, si encombrants, alors que je ne me souviens plus de ce spectacle fabuleux que nous avons vu au théâtre il y a trois mois. Pour recontacter ce moment-là, que j'ai tant apprécié, il me faudra faire des efforts titanesques, et avoir reçu l'aide de ma compagne, qui elle se rappelle parfaitement de cette soirée. Si j'avais été à la place de mon cerveau, j'aurais mis priorité numéro un pour le spectacle de Pina Bausch et j'aurais sacrifié, pour des problèmes de place, les chansons de Serge Lama et de Daniel Guichard.

Pourtant je suis certain que tout cela a du sens, la nature est bien faite (?). Ce tri a du sens, indéniablement. Mon cerveau doit garder en mémoire ce qui constitue ma personnalité, donc ce qui me caractérise au moment où l'évènement se produit, ce qui est important pour mon développement, ma survie. Je me rappelle qu'une abeille ça pique, que l'on peut se noyer si l'on n'a pas pied… mais en plus de ça il faut tenir compte du temps qui s'écoule, de la personnalité qui évolue.

Je ne suis plus celui que j'étais il y a dix, vingt ou trente ans. Je n'ai pas les mêmes centres d'intérêts, les mêmes besoins, il faut trier, choisir ce qui doit rester.

D'accord, mais comment se fait le tri ? Est-il toujours le plus judicieux ? Si j'avais gardé certains souvenirs et éliminé d'autres, serais-je le même aujourd'hui ? Ce que je pense de moi et qui constitue mon axe de vie en quelque sorte, est fortement influencé par mes actions, ou ce qui peut m'advenir sans que je l'aie souhaité. Par exemple, le divorce de mes parents a fortement influencé ma personnalité. J'en suis convaincu, j'ai des souvenirs très précis de cette période-là, mais si je les avais sortis de la sélection, si je leur avais donné moins d'importance, en les posant dans la zone à côté de l'oubli par exemple, peut-être bien que je ne serais pas le même aujourd'hui. Je suis mes souvenirs, mais aussi mes oublis. Mais je ne choisis pas ce que je garde et ce que je jette, pourtant, c'est de ce choix que dépend ce que je suis. Il me reste en mémoire des tas de souvenirs de sorties, de fêtes, de concerts, de cinéma, de vacances, de repas… mais je sais que tout ça n'est qu'une infime partie de ce que j'ai vécu. Car que reste-t-il finalement ? Des images, des lieux, des sons, des odeurs éventuellement, le souvenir que c'était bien ou pas terrible, ou mieux que la fois d'avant, ou moins bien que la fois d'après, mais la sensation, le bien être ou le mal être, la peur, la joie… tout ce qui constitue le moteur de ces évènements, se dégrade, s'émousse, il en reste l'idée, mais plus la substantifique moelle.

Cependant, certains indices permettent d'avoir une idée de la façon dont le cerveau procède pour trier le bon grain de l'ivraie. Je me souviens par exemple que lors de ma dernière colonie de vacances vers l'âge de quatorze ans, les « monos » avaient été beaucoup moins sympathiques que ceux de l'année précédente. Nous étions quelques-uns à être très déçus d'avoir loupés nos vacances. Nous avions dû nous confier au cuisinier qu'on trouvait plus agréables que les autres, et il nous avait répondu : « Vous verrez, dans une semaine vous ne vous rappellerez que des bons moments, c'est ça qui compte. » certes je me souviens que cette dernière colonie n'était pas la meilleure, mais très rapidement, j'ai oublié tout ce que je n'avais pas apprécié de ce séjour, il ne restait plus que les « bons moments », comme l'avait prédit le sage cuistot.

Ainsi le cerveau aurait tendance à s'arranger avec la réalité, en retenant en priorité ce qui nous semble plus agréable. Question de survie ? Garder une opinion positive de soi, est certainement plus pertinent, en termes de développement personnel, que de ruminer ce qui n'a pas fonctionné et qui a laissé une sensation désagréable. Les bonnes sensations, les réussites, nous permettent de recréer les conditions qui permettront d'obtenir à nouveau satisfaction. Mémoriser ces moments-là est capital pour notre cerveau, dont l'intérêt est, je suppose, notre épanouissement.

Les sensations désagréables, les mauvais souvenirs, nous alerteraient, nous invitant à ne pas recommencer, ne plus inviter ce couple avec leurs gamins insupportables, ne plus manger de cancoillotte, car vraiment... il faut être franc-comtois pour en manger sans danger.

Je reste malgré tout persuadé que le tri est plus compliqué. Le cerveau est capable de changer certains souvenirs de catégories. Certains bons moments basculent dans du côté obscur, car l'avenir influe sur notre vision du passé. Notre mémoire s'adapte en fonction de ce que nous vivons au quotidien. Ce que nous considérions comme fabuleux, et avions rangé dans la case « Super souvenir » peut passer en quelques heures dans la case « Super mauvais souvenir », il suffit de se fâcher avec son conjoint, un couple d'amis, un collègue de travail, pour que tous les évènements vécus à cette période-là, soient revisités avec un regard beaucoup moins condescendant. Certains éléments de notre mémoire épisodiques sont alors profondément remaniés, et j'imagine

même que certains sont tout simplement évacués, case
« oubli ».

MEMO SCIENCES N°5

La mémoire est le fil conducteur de notre existence et de notre identité. Mais jusqu'à quel point nos souvenirs sont-ils fidèles à la réalité ? Nous avons le plus souvent et de bonne foi le sentiment très net que ce qu'on sait avoir vu ou entendu est une copie conforme des événements vécus. Cette conviction est pourtant contredite par des décennies de recherche en psychologie montrant que le souvenir d'un événement n'est pas un duplicata, mais plutôt une adaptation, une recombinaison, et parfois une transformation radicale de l'original. Si cela n'a que des conséquences limitées dans la vie quotidienne, il en va tout autrement lorsque la vérité doit être établie par un tribunal de justice.

Elizabeth Loftus, de l'université de Californie à Irvine, a consacré sa carrière scientifique à mettre en évidence la faillibilité de la mémoire humaine et a œuvré pour que le système judiciaire reconnaisse ce facteur comme source de variabilité dans la reconstitution des faits. Elle a mené de nombreuses études sur la susceptibilité d'un souvenir à la réélaboration. Dans l'une de celles-ci, elle a fait visionner à des sujets la vidéo d'un accident entre deux voitures. Une semaine après, lors d'un test de rappel, certains sujets sont invités à évoquer un détail à partir de la phrase d'amorçage *« lorsque les deux voitures se percutent... »*, et d'autres avec *« lorsque les deux voitures se touchent... »*. A la question de savoir si une vitre avait été cassée, seuls les sujets du premier groupe affirment – sans hésiter – la présence de cet élément pourtant absent de la vidéo.

Cet *« effet de mésinformation »* selon les termes de Loftus, révèle qu'il est facile d'enrichir notre mémoire de détails fictifs. D'autres études ont montré que la simple suggestion d'imaginer un épisode *« pouvant avoir eu lieu »* durant l'enfance augmente la probabilité que celui-ci soit rapporté une semaine plus tard comme réellement vécu.

UNE FABLE DE LA FONTAINE

Les fables de La Fontaine, ont servi d'exercice de mémorisation à de nombreux écoliers, mais en plus de l'exercice scolaire, elles sont porteuses de sens, et bien souvent au-delà de la simple morale. Je me souviens de deux fables qui font référence aux thèmes de la mémoire et de l'oubli.

La première, est celle du « Loup et du Chien ». Un loup au détour d'un chemin, rencontre un chien, il en ferait bien son affaire, mais ce dernier est bien portant, le combat s'annonce incertain, il préfère donc engager la discussion. Interrogeant le chien sur sa situation, ce dernier lui apprend que moyennant quelques petites contraintes, comme chasser les étrangers, et être affable avec ses maîtres, il obtient en retour toutes sortes de mets succulents, ce qui explique son embonpoint. Le loup quant à lui, n'a que la peau et les os, les temps sont durs et trouver du gibier n'est pas toujours chose aisée.

Finalement, avoir un maître qui fournirait le gîte et le couvert est une idée bien séduisante. Le loup pose toutes des questions, afin de s'assurer de tous les avantages que pourront lui apporter une telle situation. Le voilà convaincu, tout n'est qu'affaire de bon sens, il serait bien stupide de courir dans les bois après un hypothétique gibier, alors que la vie de château est à sa portée.

C'est un détail qui sera à l'origine d'un changement radical de point de vue chez le loup. En effet il remarque le cou du chien tout pelé et lui demande alors d'où provient cette étrange marque. Le chien semble minimiser, « peu de chose », le loup insiste, « mais encore ». La réponse tombe comme une sentence, « le collier dont je suis attaché ». Ne pas être libre de ses mouvements est impensable pour le loup, la liberté n'a pas de prix, même pas les plus fabuleux des repas, et c'est là la morale. Le loup est sauvé à temps, il repart dans les bois, laissant le chien à son maître. C'est la mémoire du corps qui a trahi le chien. Lui-même n'avait pas vraiment conscience du prix exorbitant que constitue la perte de la liberté, il est un peu honteux de l'avouer, mais oui, il est attaché. La trace du collier, trace d'une vie en captivité, mémoire inscrite dans la chair, aura sauvé le loup qui a bien failli perdre son âme dans cette histoire. La mémoire, comme l'oubli, s'impose malgré nous, le chien est trahi, sa belle histoire s'effondre, il a bradé sa liberté pour quelques os et une niche au fond du jardin, le loup est sauvé, il a échappé à un funeste destin de prisonnier.

Mais l'oubli peut quelques fois s'avérer salvateur, c'est ce que révèle « Le laboureur et ses enfants ». Un riche laboureur est sur son lit de mort, il fait venir ses enfants pour leur confier un secret. Un trésor est caché dans la propriété, il ne faut donc surtout pas la revendre. Excellente nouvelle pensent certainement les enfants qui n'avaient sans doute pas l'intention de reprendre l'exploitation de leur père, le travail de la terre étant bien trop pénible.

Mais l'affaire se complique, car le père ne sait pas où le trésor est caché. Le lieu de la cachette a été oublié, il ne peut que transmettre ce qu'il sait : « Un trésor est caché ». Oui, mais où ? Le père de bon conseil, invite ses enfants à chercher sans tarder, « Fouillez, creusez, bêchez ». Les enfants s'exécutent, ils retournent la terre, « Les fils vous retournent le champs deçà, delà, partout ». Tant est si bien, que les récoltes sont exceptionnelles, « au bout de l'an il en rapporta davantage ».

Pas de trésor, mais en gardant leur héritage, les fils se sont enrichis. En faisant croire qu'il avait oublié où se trouvait le trésor, le père transmit la propriété et révéla que le véritable trésor, c'est avant tout le travail, voilà pour la morale. Certes le père a un peu triché, mais l'ingénieux La Fontaine nous montre bien que l'oubli n'est pas toujours préjudiciable. Ici c'est bien le contraire, l'oubli permet de garder la propriété et de s'enrichir. Oublier, oblige à chercher, c'est le principe de toute quête, de tout voyage initiatique, l'oubli est le carburant de l'aventurier, celui qui part à la chasse au trésor perdu, s'accrochant à quelque indice laissé là, il mène l'enquête, cherche, fouille sans relâche et finit par trouver. Bien souvent, ce n'est pas le trésor tant convoité qui est au bout de l'aventure, mais autre chose, de plus inattendu, ou encore, le simple fait d'avoir cherché, peut constituer la plus belle des récompenses.

JEUDI NEUF NOVEMBRE DEUX MILLE CINQUANTE-SIX, TREIZE HEURES CINQUANTE-CINQ.

Lucie avait longuement dormi, cette suite d'images surgies du tréfonds de sa mémoire l'avait mise complètement à plat. Elle était impatiente de rencontrer le docteur Kopack. Que s'était-il passé, pourquoi ces évènements tragiques avaient-ils refait surface ?

– Il s'agit tout simplement d'un concours de circonstances, commença le docteur. Vous avez rencontré par hasard votre ancien professeur, M. Ackerman, et votre curiosité a fait le reste. Le scan mémoriel que nous avons effectué sur vous, ne détruit pas les souvenirs, il les compacte, il supprime les redondances et pour ce qui concerne les charges émotionnelles traumatiques, elles sont gelées et donc, rendues inopérantes, comme invisibles. Votre traitement étant encore très fragile, les souvenirs ont repris leur place.

Lucie écoutait attentivement le docteur, encore traumatisée par sa dernière expérience de remémoration.

– Avant le traitement, j'avais donc ce souvenir ? Ça me semble incroyable, c'est un peu comme si ces évènements venaient de m'arriver.

– Oui, c'est normal, en revenant dans la partie consciente de votre mémoire, ils se sont réactualisés, l'effet du temps est gommé, tout semble étonnamment récent, pourtant, il s'agit bien de votre enfance. Il est d'ailleurs probable qu'au moment des faits vous ayez eu un choc émotionnel assez intense pour provoquer une perte partielle des évènements.

– C'est affreux, ces images reviennent en permanence, je n'arrive pas à me défaire de ce sentiment de culpabilité qui résonne en moi à tout moment. Je n'en peux plus docteur.

– Nous allons arranger ça, n'ayez aucune crainte. Pour la culpabilité par contre, je vous rappelle que M. Ackerman a été condamné pour homicide involontaire, vous n'y êtes pour rien, la mort d'Inès n'est absolument pas de votre faute.

– Oui, mais j'ai tout vu, j'étais là.

– Vous étiez une gamine à l'époque, vous n'auriez rien pu faire. Mais nous allons régler ce problème tout de suite. Installez-vous, je vous prie.

Le docteur désigna le fauteuil imposant trônant à côté de son bureau. Lucie s'installa, le docteur inclina le dossier et abaissa un casque muni de capteurs sur la tête de sa patiente.

– Je vais relancer un scan partiel qui va démarrer quelques heures avant l'évènement, et balayera l'ensemble des scènes à forte charge émotionnelle négative. Vous allez revivre une dernière fois ces évènements, puis le scan balayera toute la séquence en sens inverse, ce qui provoquera l'effacement définitif cette fois-ci.

– Vous effacez complètement mes souvenirs ? Interrogea Lucie, sans masquer son inquiétude.

– Je procède assez rarement de cette façon-là, mais dans votre cas, nous n'avons pas d'autres possibilités, un simple gel mnésique n'aurait aucun effet. Inutile de prendre le risque d'un nouveau traumatisme, à terme cela pourrait s'avérer dangereux pour votre santé mentale.

– Vous êtes sûr ?

– C'est le meilleur choix, croyez-moi. Le docteur esquissa un sourire qui se voulait rassurant. Une jeune femme rentra dans le bureau, blouse blanche, longs cheveux roux rassemblés en queue de cheval, fines lunettes aux montures métalliques, petit nez légèrement incurvé, visage allongé, dents parfaitement blanches, grande silhouette, dos cambré.

– Je vous présente Émilie, mon assistante, elle va procéder au scan mémoriel séquentiel. Dans une petite heure, tout sera rentré dans l'ordre. Voilà, je vous laisse entre de bonnes mains, je vous vois tout à l'heure.

La jeune assistante s'approcha de Lucie, prit une seringue dans le meuble juste derrière elle, et injecta un somnifère par intraveineuse. Cinq, Lucie regardait droit devant elle, respirant soudain les effluves d'un parfum qu'elle n'avait pas remarqué jusque-là, quatre, cette odeur n'était pas nouvelle, elle connaissait ces effluves légèrement épicés, trois, elle tenta de poser une question à l'assistante au sujet de son parfum, deux, la pièce devint floue, la fragrance de l'eau de toilette caressait subtilement ses narines, un, ses yeux se fermèrent, elle n'entendit pas le zéro, et ne vit pas Émilie appuyer sur le bouton « on » du casque pour lancer le scan mémoriel séquentiel.

Plongée dans un sommeil profond, Lucie se retrouva projetée dans son collège, Inès, le professeur, ses parents, la voisine qui prenait le bus avec elle tous les matins. D'abord confus, le flux d'images se stabilisa pour dérouler à nouveau toute la succession des évènements.

OUBLIER LA PEUR DE MOURIR

À l'évidence, l'oubli est involontaire, vouloir oublier, c'est d'une certaine façon se souvenir davantage. Face à l'exhortation à oublier : « Oublie ce que je viens de te dire », notre cerveau ne peut s'empêcher de faire rigoureusement l'inverse. Penser à oublier quelque chose, impose une gymnastique cérébrale, dont l'efficacité me semble douteuse. Mais si l'on pouvait oublier sur demande, programmer l'oubli, sélectionner ce que l'on jette et ce que l'on garde, nous pourrions certainement changer le cours de l'humanité. On pourrait ainsi faire oublier les raisons d'un conflit entre deux pays par exemple, effacer certaines peurs, certaines idées.

Si l'on supprimait de tous les cerveaux, la peur de la mort, le monde en serait durablement changé. La fin de la vie est certainement l'une des plus grandes préoccupations de l'homme. La conscience de la fragilité de notre existence n'est pas sans conséquence sur nos actes. Cette conscience, nous ne l'avons pas toujours eue. Je pense que dans mes premiers mois de vie, la notion de début ou même de fin n'avait pas sa place dans mon esprit. Au plus loin que je me souvienne, la conscience de ne pas vivre éternellement, doit remonter à mes six ou sept ans. Je garde quelques traces de la théorie que j'avais échafaudée avec beaucoup d'assurance et de certitude.

Dans mon esprit d'enfant, il y avait un avant la vie et un après, qui ressemblait sensiblement à l'avant, en attendant de recommencer une vie dans un autre lieu. Je ne pense pas que ma théorie prenait en compte le temps qui s'écoule, la vieillesse, les accidents de la vie. C'était somme toute assez linéaire, un peu comme un parcours s'étirant plus ou moins et recommençant à chaque fois dans un ailleurs encore inconnu. Mais cette première préoccupation de ma propre mort a aussi par déduction posé le problème de la mort des autres, en l'occurrence mes parents ainsi que ma Grand-mère que j'adorais. Là, je pense que la vieillesse, le temps qui passe, constituait des indices de fin imminente, ce qui m'attristait, alors que pour ma part, je ne me sentais pas du tout concerné par ces effets du temps sur ma personne. J'avais une fin, mais elle était très abstraite, j'avais un peu d'éternité en moi, contrairement aux adultes dont je ne faisais définitivement pas partie.

À cette époque, la mort de mes proches me faisait peur. Que deviendrai-je tout seul ? Peur d'être seul, abandonné au néant, orphelin par la disparition des seules personnes qui pouvaient s'occuper de moi. Leur fin prématurée m'effrayait terriblement, je les exhortais à ne pas mourir, les assurais que de toute façon ils ne mouraient pas. Quelques fois, je me risquais à poser la question, mais la réponse ne me convenait vraiment pas.

Puis ayant eu une certaine éducation religieuse : catéchisme, école privée catholique, première communion, communion solennelle et confirmation, la mort a changé d'aspect. La fin de la vie signifiait alors le début de l'éternité. Une éternité qu'un catholique pratiquant se doit d'envisager selon trois scénarios immuables, dont la réalisation est directement conditionnée par le poids des péchés accumulés pendant la vie terrestre. Résumé en trois mots : Paradis, Purgatoire, Enfer. J'ai un peu de mal aujourd'hui à avouer que j'ai pu croire un instant à ce genre de truc, mais j'y ai cru, c'est certain. Cependant, j'ai parfaitement oublié en quoi consistait la croyance en un paradis pour les morts. Je pense que cela devait s'imposer comme une évidence, les copains y croyaient, ma mère aussi certainement, bien que non pratiquante, mais à coup sûr superstitieuse, elle ne manquait pas de se signer en rentrant dans une église, on ne sait jamais, tout comme ma grand-mère qui mangeait du poisson le vendredi, sinon c'est pécher, alors qu'elle n'avait plus mis les pieds dans une église depuis des années.

Je pense que je m'imaginais entrer au paradis, sans trop de difficulté, éventuellement le purgatoire, car je ne me confessais que très peu. Avec les copains on y allait quand c'était imposé par les frères, qui nous faisaient aussi l'école. Le problème était que je ne savais pas quoi raconter comme péché. Alors je me creusais la tête pour inventer une faute crédible, mais pas trop importante non plus, bref ça ne me plaisait pas du tout. Va pour le purgatoire, ce n'est pas si grave. Et puis qu'est-ce qu'on fait au paradis ? « On prie, on est au service de Dieu » nous avait-on répondu. Quel ennui, je me suis désintéressé de tout ça de façon progressive, insensiblement, j'ai oublié petit à petit. De croyant pratiquant, je suis devenu seulement croyant, puis superstitieux, puis plus rien, quoiqu'en y regardant de plus près certainement un peu superstitieux.

Je me souviens que lors de séances de catéchisme, pour des personnes très croyantes, on pouvait dire qu'elles avaient la foi (ce qui n'a certainement jamais vraiment été mon cas, à vrai dire je ne sais plus), et bien croire en Dieu, avait pour effet de ne plus avoir peur. « La foi me donne le courage, je n'ai plus peur du noir ni de la mort. » Bon, la peur du noir, cela a un côté un peu puéril, mais je suis certain d'avoir entendu ça. D'ailleurs, j'avais été surpris que l'on puisse mettre en avant une telle victoire sur la peur du noir, ça donnait à la foi un côté un peu gadget, tout ça pour ça !

J'ai alors compris que l'objectif principal de toute religion était de promettre l'éternité à ceux qui appliqueraient les préceptes requis, devenant ainsi les élus. Sans peur de la mort, la religion a beaucoup moins d'intérêt, car à bien y regarder, le Dieu, quel qu'il soit, intervient très peu dans la vie des humains, par contre il assure le service après mort. Mais la peur de la mort a encore de beaux jours devant elle, même si nous ne la percevons pas toujours avec la même intensité.

Autour de mes dix-huit ans, j'avais une certaine insouciance par rapport à ce sujet. Je me voyais bien mourant jeune, car la vieillesse n'avait aucun intérêt, je me disais qu'aux alentours de la quarantaine, j'aurais tout fait, en tout cas l'essentiel, ma vie aurait été si intense qu'on pourrait s'arrêter là. Dans une dissertation sur ce sujet j'avais donc imaginé ma propre mort, non pas dans un accident de moto à deux cents kilomètres heure comme certains, mais allongé dans mon lit, parfaitement conscient de mes actes, décidant en plein accord avec moi-même de mettre fin à l'aventure, pour basculer de façon irréversible dans le néant.

Je me demande comment j'ai pu avoir une idée pareille, c'est juste insupportable. Attention, il ne s'agissait pas d'une envie de suicide, non, un arrêt des plus banal, appuyer sur le bouton off. Aujourd'hui, je me dis que la moto à deux cents kilomètres heure, c'est certainement mieux. Curieusement, j'ai eu vraiment peur de la mort, non pas de façon ponctuelle, parce qu'on se trouve en haut d'une piste noire verglacée, qu'on a juste un niveau de skieur débutant et que les copains nous ont amenés là en nous persuadant que c'était vraiment facile, les deux doigts dans le nez. Non, une peur incontrôlée, durable, et totalement inexplicable. Une sorte de période hypocondriaque se situant entre vingt-cinq et trente ans, se traduisant par la peur d'un arrêt cardiaque massif. Lorsque cette idée s'imposait dans ma tête, ma respiration devenait chaotique, un peu comme le coureur essoufflé qui ne parvient pas à reprendre son souffle. J'en arrivais à appeler le médecin en pleine nuit, pour rien au final, juste la frousse, mais une frousse mortelle. Je pense que c'est la peur que l'on peut avoir lorsqu'on se sait en fin de vie. Une peur panique, celle qui peut nous faire à nouveau croire en Dieu.

Et bien heureusement pour moi, cette peur a disparu, et si je n'ai pas oublié cette période, je n'en garde que quelques souvenirs assez flous. Avoir à nouveau cette peur ne me fait plus vraiment peur. Je sais que j'ai vécu cet étrange phénomène de peur panique, je sais que ça a duré plusieurs années, je sais que c'était insupportable, que j'étais bien le seul à croire à ma peur, que le médecin évacuait le sujet systématiquement, car là, ça devenait psychologique et donc potentiellement très compliqué. Pourtant j'ai totalement oublié l'essence même de cette peur, c'est un peu comme si lors d'une fouille, des archéologues retrouvaient des instruments de torture. Ces objets sont devenus assez abstraits, ils ne portent pas avec eux les traces des douleurs qu'ils ont infligées ni la sensation qu'à bien pu avoir le bourreau qui les a utilisés ou l'artisan qui les a fabriqués.

Cette sorte d'oubli, portant sur des croyances somme toute irrationnelles, me semble sacrément utile, c'est un peu comme une réinitialisation du cerveau. J'ai la sensation qu'une croyance en chassant une autre, nous finissons par conserver celle qui nous convient le mieux au moment présent. Pour en revenir à la peur de la mort, je n'aurais pas l'outrecuidance de dire que je m'en balance, pour le moment j'ai seulement la tête froide par rapport à ça. Mais j'ai conscience de la fragilité de cet équilibre. Il suffit d'avoir un problème de santé un peu important ou qu'un proche se trouve atteint d'un cancer, pour que la trouille pointe le bout de son nez, ça me semble inéluctable. Cependant ayant vécu toutes ces approches différentes par rapport à la mortalité, je me sens plus fort, c'est vrai.

Aux alentours de mes trente ans, reprenant des études, je me plonge alors dans les écrits de quelques philosophes, pour les besoins de la cause bien sûr, je préparais une licence en science de l'éducation, mais aussi par goût sincère pour les raisonnements subtils restés jusque-là inconnus pour moi. J'ai donc été un peu plus loin que ce que l'on nous demandait pour ce diplôme, et j'achetais quelques livres, dont les Essais de Montaigne, et bien entendu dans le Livre Un, le chapitre intitulé : « Que philosopher c'est apprendre à mourir », a retenu tout particulièrement mon attention. Ainsi pour le fabuleux Montaigne, ne pas penser à la mort, car elle est effrayante est le remède du vulgaire, « … mais de quelle brutale stupidité lui peut venir un si grossier aveuglement ? » Il faut attendre la mort partout, « Qui a appris à mourir a désappris à servir. » Mais pour Montaigne, l'utilité de la vie n'est pas dans la durée, on peut vivre longtemps et avoir peu vécu. Regarder la mort en face, ne pas reculer, il est impossible de revenir en arrière. Et puis l'immortalité ne serait-elle pas le pire des dons ?

La vie en se déroulant paisiblement au rythme immuable de vingt-quatre heures par jour, sur cette planète tout du moins, nous amène à nous poser de terribles questions, pour lesquelles aucune réponse ne peut faire office de certitude. Formulant des hypothèses, notre expérience, nous en fait oublier certaines, pour en adopter de nouvelles. Néanmoins, une certitude s'impose, notre vie a un début et une fin, la suite n'est que spéculation.

MEMO SCIENCES N°6

Le meilleur moyen de ne pas oublier une poésie ou un théorème que l'on vient tout juste d'apprendre pourrait bien être de faire une sieste, estiment des chercheurs allemands, surpris eux-mêmes de leur découverte. Leurs expériences, publiées dans la revue Nature Neuroscience, montrent en effet que le cerveau résiste mieux durant le sommeil à tout ce qui peut brouiller ou fausser un souvenir récent que lorsqu'il est en éveil.

Partant du principe que le sommeil n'avait aucune influence sur ces processus, Bjorn Rasch et ses collègues de l'Université de Lübeck, ont voulu s'en assurer par une expérience.

Ils ont donc demandé à 24 volontaires de mémoriser 15 paires de cartes figurant des images d'animaux et des objets usuels. Quarante minutes plus tard, la moitié des sujets, maintenus en éveil, ont dû mémoriser une autre série de cartes légèrement différentes.

De leur côté, les douze autres volontaires ont eu le droit de faire une courte sieste avant de mémoriser la seconde série de cartes. Les deux groupes ont ensuite été testés sur leur capacité à se souvenir de la première série de cartes.

À la grande surprise des chercheurs, ceux qui avaient dormi affichaient un bien meilleur score, se souvenant en moyenne de 85 % des cartes, contre seulement 60 % pour ceux qui étaient restés éveillés.

Après un somme de seulement 40 minutes, une quantité importante de souvenirs était déjà « téléchargée » dans une zone du cerveau où « ils ne pouvaient plus être brouillés par les nouvelles informations traitées dans l'hippocampe ».

Selon Mme Diekelmann, l'effet bénéfique des siestes sur la consolidation de la mémoire pourrait avoir des implications intéressantes pour les activités d'apprentissage intensif, comme l'enseignement des langues étrangères.

Le processus pourrait aussi bénéficier aux victimes de

syndrome de stress post-traumatique, une affection qui touche les personnes ayant vécu des situations extrêmes (accident grave, attentat, agression, etc.), en les aidant à reconfigurer leurs souvenirs.

JEUDI NEUF NOVEMBRE DEUX MILLE CINQUANTE-SIX, QUATORZE HEURES VINGT-CINQ.

Les images affluaient dans le cerveau de Lucie. La scène se déroulait devant ses yeux avec une netteté jamais égalée auparavant. La couleur caractéristique de cette fin de journée si particulière, les sons de la ville, les odeurs, ce parfum si singulier, elle en était certaine à présent, c'était celui d'Inès. Le nom lui revint en mémoire : « Remember me. » Comment avait-elle pu oublier ? Tout était clair maintenant, les effluves épicés apportaient à la scène une dimension émotionnelle d'une rare intensité.

Le professeur et la jeune fille entrent dans le parc, Lucie ne les avait pas quittés des yeux, accroupie derrière un arbuste elle revoit Inès trébucher, Quentin s'est précipité pour l'immobiliser au sol, mais la jeune fille se débat, il perd patience, la gifle violemment, arrache sa robe, serre son cou de ses deux mains, se retourne soudain en direction de Lucie, le regard tendu, à la recherche d'un témoin gênant. Lucie s'affole, et part précipitamment, à bout de souffle, morte de peur, n'entendant plus que les battements de son cœur et sa respiration chaotique, elle perd l'équilibre et tombe dans un fossé.

Quelques instants étourdie, elle reste allongée sur un tapis d'herbes et de cailloux, à l'abri des regards, juste en contrebas de l'allée principale. Reprenant ses esprits, elle se redresse, reste assise quelques minutes, des pas précipités résonnent juste au-dessus, elle se plaque à nouveau au sol et reconnait les pas du professeur qui se précipite vers la sortie. Cette fois-ci les souvenirs continuent à se dérouler dans les arcanes du cerveau de Lucie.

Elle se lève, époussette sa robe pour en faire tomber quelques herbes sèches, et remontant sur le chemin, elle se dirige d'un pas soutenu vers le coin de pelouse où elle a laissé Inès étendue quelques minutes auparavant. La jeune fille est allongée sur le dos, ses habits sont déchirés, elle est inconsciente. Lucie s'approche, s'agenouille, pose sa main sur la poitrine d'Inès. Le cœur bat, le souffle est régulier, elle est seulement inconsciente. Son parfum exhale avec arrogance ses puissants effluves. Quentin n'a pas tué la jeune étudiante, il a certainement entendu Lucie et a pris peur. La raison voudrait qu'on appelle les secours, qu'on la tourne sur le côté, que l'on fasse tout ce qu'il faut pour lui venir en aide. Mais Lucie n'a plus envie d'être raisonnable, elle ne se l'est pas encore avouée, mais elle est déçue. Ce qu'elle pensait être un drame n'est qu'un banal incident, dont sa concurrente sortira grandie, c'est insupportable.

En quelques secondes, tout bascule dans son esprit, posant ses narines sur la gorge de la pauvre Inès, elle inspire profondément ce parfum qu'elle exècre, elle se met à califourchon sur le ventre de l'étudiante, et empoignant son cou à deux mains elle serre de toutes ses forces.

Lorsque les secours arrivent, le cœur d'Inès ne bat plus, la pluie s'est invitée dans la nuit, Lucie est rentrée chez elle, elle entend les sirènes de police et d'ambulances revenir du parc, elle se laisse tomber sur son lit. Pendant quelques secondes, dans un étrange accès de lucidité, elle se dit qu'il faut absolument qu'elle se souvienne, qu'elle n'oublie surtout pas. Ackerman est innocent, elle doit dire la vérité, comment avait-elle pu oublier cet évènement atroce. Elle lutte, mais la partie semble perdue, son corps est de plus en plus lourd, allongée sur le lit, le regard perdu au plafond, elle se sent de plus en plus lourde. Lucie s'est endormie.

NE PAS OUBLIER CE QUE L'ON A OUBLIE.

L'oubli a son utilité, il permet d'effacer quelques expériences malheureuses, de faire de la place dans le cerveau, de trier parmi tous les éléments que nous accumulons en mémoire et constituer ainsi notre propre singularité. Mais vouloir oublier, c'est à coup sûr demander à notre cerveau de faire l'inverse. Parfois, l'oubli peut s'imposer grâce à la complicité de tout un peuple. Oubli pour la bonne cause, oubli pour pardonner, mais qui n'est qu'un simple écran de fumée, dont la dissipation nécessaire et inéluctable peut avoir des conséquences désastreuses.

L'oubli vient se substituer au passé, il s'impose comme la volonté d'effacer l'horreur qui s'est abattue sur l'humanité, horreur dont cette même humanité est la seule responsable. Oublier les atrocités de la colonisation, effacer ce chapitre des livres d'histoire, oublier les camps de concentration, les massacres ethniques, la ségrégation raciale…

Impossible oubli, l'horreur passée ne disparaît pas d'un claquement de doigts, lorsque les jeunes Allemands de l'après-guerre découvriront les atrocités perpétrées et cachées par leurs parents, lors du « second procès d'Auschwitz », c'est la honte et le besoin de réparation qui l'emporteront. S'arcboutant contre le bon sens commun qui voyait dans l'oubli la seule et unique solution de reconstruction, quelques hommes et femmes ont choisi la vérité pour mieux l'affronter et l'accepter. Accepter d'avoir des parents nazis, gardiens de camps, exécutant les ordres d'un gouvernement de fous dangereux. Petites gens, ne faisant que leur travail, acceptant l'inacceptable, car à ce moment-là l'inacceptable n'était pas si épouvantable.

L'oubli demande du temps, le travail de mémoire ralentit certainement l'érosion inéluctable de la mémoire, qu'elle soit individuelle ou collective. L'oubli apaise, l'atrocité disparaît, l'histoire peut recommencer.

L'oubli ne se commande pas, soit il s'insinue dans les sillons de notre cerveau, et l'on ne sait même plus ce que l'on a oublié de si précieux, soit il s'impose inéluctable, malgré nous, alors déçus, coupables de ne plus avoir de souvenirs. Nos connexions neuronales se font et se défont, chaque matin, notre cerveau n'est jamais identique à ce qu'il était la veille. De cette plasticité dont l'essentiel nous échappe, il reste bien peu de choses en sommes. Mais serait-il possible de lutter contre l'arbitraire de cet esprit qui n'en fait qu'à sa tête. Peut-on muscler la mémoire, bâtir des murs anti- oubli ? Oui, mais de quels oublis ? Un mur anti oubli pour les prénoms, un autre pour les dates d'anniversaire, un autre pour les trucs hyper importants, mais qu'on oubli à chaque fois ? Une muraille anti-oubli d'oubli, pour ne pas oublier ce que l'on a oublié ?

Faut-il laisser faire la nature ? Faire confiance aux neurones et aux acides aminés ? Sont-ils vraiment capables de s'occuper de choses aussi importantes ? Alors qu'avec une simple madeleine, l'odeur d'un coulis de tomates, je peux faire revenir un tas de souvenirs balancés de l'autre côté du mur anti-oubli de ce qui n'a pas d'importance, mais que je voudrais quand même garder. Parce qu'on ne jette pas l'album de Tintin : « On a marché sur la lune », sous prétexte qu'il n'est plus de première jeunesse, que les feuilles se détachent, et que l'équivalent tout neuf est disponible à la librairie du coin. Non, on le garde parce que c'est le premier album qu'on a eu, que c'est ma mère qui me l'avait offert et que j'ai dû le lire une bonne dizaine de fois. Bon, il ne me reste que la BD, l'objet, l'émotion de l'instant est devenue bien confuse, bien lointaine, mais je sens qu'elle n'est pas si loin quand je prends le livre dans mes mains.

OUBLIER LA SAVEUR DU PASSE

Durant une vingtaine d'années, nous avons formé avec quelques amis, un groupe dont le nombre a augmenté au fil du temps. Au milieu des années quatre-vingt, nous avions fini nos études et nous faisions nos premiers pas dans le monde du travail, appartement, voiture, week-end, sorties… bref nous devenions autonomes. Nous avons gardé le contact avec quelques compagnons d'études, puis nous en avons perdus de vue certains, puis d'autres sont arrivés, collègues de travail, rencontres, le groupe s'est étoffé, de trois ou quatre au départ, nous étions une bonne vingtaine au début des années quatre-vingt-dix.

Nous avons ainsi parcouru quelques années ensemble, rajoutant de temps à autre une naissance, découvrant ensemble les changements qu'entraînait la parentalité. Un groupe très fusionnel, dans lequel les enfants grandissaient et s'épanouissaient au contact des jeunes adultes que nous étions. Le temps passant, les souvenirs se sont accumulés, les occasions de se voir et de faire la fête se sont multipliées : anniversaires, férias, ski… Une aventure qui a duré une bonne vingtaine d'années et qui aurait pu continuer. Mais les relations humaines sont complexes, et l'équilibre est toujours fragile, toujours subtil. Comme le dit l'adage, le temps ne fait rien à l'affaire, vingt ans d'amitié peuvent être balayés d'un revers de main, de façon irréversible. Ainsi, en quelques mois, les relations entre le groupe et notre couple se sont tendues, sans aucune explication, dans un non-dit pesant. Nous nous sommes écartés, mis en retraits, faits oublier, jusqu'à ne plus avoir de relations avec aucun de nos ex-amis.

Ces évènements ont maintenant quelques années, dire que je n'ai aucun regret serait mensonger et certainement prétentieux, mais dire que nous sommes moins heureux, moins épanouis, serait parfaitement excessif. De tout cela, il reste des souvenirs, de très bons souvenirs, des parties de rire, des bringues exceptionnelles, des vacances de rêve avec les enfants, des séjours au ski merveilleux, avec à chaque fois une intendance de plus en plus rodée pour prendre en charge plus de vingt personnes. Il reste des films, des photos, mais tout ça est accompagné d'un goût amer, comme si la rupture nous avait ouvert les yeux. Et si nous nous étions trompés pendant toutes ces années ? Si nous n'avions pas eu des amis, mais de simples connaissances, dont nous nous sommes éloignés, car au final nous ne partagions pas vraiment les mêmes envies, les mêmes valeurs ? Alors, nous laissons les souvenirs se recroqueviller dans un coin obscur de notre cerveau, nous ne parlons plus de tel évènement, telle anecdote, que l'on partage normalement lorsqu'on se retrouve entre amis. Sans entretien, notre mémoire se refroidit, il ne reste plus que des images, des restes sans saveur.

Les souvenirs peuvent changer de saveur, ce qui nous semblait inoubliable, peut devenir indésirable sans même que l'on y prête garde. Des évènements futurs peuvent irrémédiablement remettre en cause des années de souvenirs. Une déception sur quelqu'un, un groupe d'amis, et notre regard bienveillant sur les moments partagés dans le passé, se transforme de façon définitive. Sans que nous en ayons tout à fait conscience, nous laissons l'oubli faire son travail. Finalement, il ne s'agit que d'une question de temps, certainement le plus bel allié de l'oubli.

JEUDI NEUF NOVEMBRE DEUX MILLE CINQUANTE-SIX, QUINZE HEURES TRENTE.

Lucie ouvrit progressivement les yeux, il lui fallut quelques secondes pour se rappeler pourquoi elle était dans cette chambre. Elle était venue faire une visite de routine, dans le cadre de son scan mémoriel, voilà tout. Le docteur Koppack ne tarderait pas à lui confirmer que tout c'était bien déroulé et qu'elle pourrait reprendre une vie normale, sans aucune contre-indication.

- Alors Lucie, je vois que tout s'est bien déroulé. Comment vous sentez-vous ?
- Parfaitement bien, je me sens même reposée.
- Oui, le scan procure souvent cette sensation. Et bien vous pouvez rentrer chez vous en toute sérénité. Votre cerveau est pour ainsi dire tout neuf. Profitez du bien-être que vous allez ressentir dans les heures et les jours qui viennent.
- Je n'y manquerai pas répondit Lucie, tout en récupérant ses affaires posées sur l'un des fauteuils.
- Bien, je vous laisse régler les derniers éléments administratifs auprès de mon assistante. Et n'hésitez pas à nous contacter si vous avez des questions, des suggestions, nous restons à votre disposition.
- Encore merci docteur. Lucie tendit la main, et d'une poignée énergique quitta la chambre pour aller régler les dernières obligations administratives.
Lucie était parfaitement détendue, un peu comme si tous les soucis s'étaient volatilisés de son esprit. Elle rayonnait intérieurement, et cela se voyait. Alors que la secrétaire finissait de compléter son dossier, la jeune femme laissait son regard parcourir l'espace. Ses yeux se posèrent sur la photo représentant une vue de la baie de San Francisco, puis, plus loin, un immense poster montrant l'équipe *Numéribrain* © au complet, tous souriants devant leurs magnifiques locaux. Puis son regard resta quelques secondes dans le vague, jusqu'à ce

qu'une silhouette se dessine dans son champ de vision, d'abord floue, puis de plus en plus nette, une jeune femme souriante venait vers elle.

– Vous me reconnaissez, je suis Émilie, l'assistante du docteur Koppack ?

Lucie esquissa un sourire. Oui elle se souvenait de l'assistante, bien entendu, une jeune femme charmante. Pourtant, quelque chose ne correspondait pas. Cette jeune fille ne s'appelait pas Émilie, elle en mettrait sa main à couper. Ce parfum, elle le reconnaîtrait entre mille, c'est celui d'Inès. Cette garce, celle qui a gâché son adolescence. Mais qu'est-ce qu'elle fait là ? Et pourquoi se fait-elle passer pour une assistante ? En même temps, à part le parfum, elle ne sait plus très bien qui est cette Inès. Ni pourquoi elle nourrit un certain ressentiment à son encontre.

– Tenez, vous aviez oublié votre écharpe dans la salle de scan. Bonne journée.

Lucie inhala longuement les fragrances de l'eau de toilette. Son cerveau semblait utiliser les molécules odoriférantes pour reconstituer des souvenirs enfouis au plus profond de son âme. Mais la subtilité des senteurs qui s'évaporaient inexorablement ne permit pas de poursuivre l'enquête. La jeune femme sortit soudainement de son état de torpeur et prit le dossier que lui tendait la secrétaire. Ramassant son sac, posant son écharpe sur ses épaules, Lucie se dirigea d'un pas énergique vers la sortie. Mais elle se retourna, comme prise par une impulsion incontrôlée et s'adressant à la secrétaire.

– Dites-moi, vous connaissez le parfum de l'assistante ?

– Oui madame, je pense que c'est « Remember me »

— Curieux, ça ne me dit rien, pourtant, je suis certaine que…. En tout cas j'adore…

L'OUBLI, ÇA FAIT PEUR.

Enfin quand on sait qu'on ne se souvient plus, quoi que l'on fasse. Et bien, ça donne le vertige. Je l'ai encore expérimenté dernièrement. Chez des amis, des gens que je suis censé connaitre, puisque j'ai eu leur fille en soutien scolaire, me parlent de leur enfant. Et là, rien. Ni les parents ni la fille. Par contre ma compagne, Sabine, recolle parfaitement les morceaux. Je bluffe un peu, je dis que oui, il me semble que je revois, ce qui n'est pas tout à fait vrai, car je ne vois rien du tout. Mais petit à petit, au cours de la soirée, les souvenirs se reconstituent. Je revois bien la jeune fille. Mais pour ce qui concerne les parents, bien que nous ayons passé la soirée ensemble, rien, aucune image, rien du tout.

C'est un peu inquiétant et puis très gênant. Alors gênant, oui, c'est quand même un peu délicat de réponde non à toute évocation. Mais inquiétant, pourquoi ? Se rendre compte que l'on a une mémoire de poisson rouge, c'est plutôt inquiétant. Cependant, une fois que j'ai retrouvé les souvenirs, car je les ai bien retrouvés, sans me tromper. Bref une fois que j'ai remis la main dessus, j'étais assez fier, mais je devais admettre que cela n'était pas vraiment vital non plus. Autrement dit, ne plus se souvenir de ces éléments-là n'était absolument pas catastrophique.

C'est socialement gênant et sur un plan purement médical ça renvoie des explications de type pathologique, faisant immanquablement référence à la maladie d'Alzheimer. En tout cas ce soir-là, j'étais bien le seul perdu dans le néant de l'oubli, me débattant dans les méandres de mon cerveau, faisant des efforts considérables pour exhumer le moindre indice, en accord avec ce que me disaient les parents à propos de leur fille, détails complétés par Sabine, qui avait mémorisé plus de détails que moi sur mon élève.

Je me souviens d'une recherche absolument impossible. Pas le moindre élément auquel se raccrocher, un détail, un son, une couleur, une anecdote. Pourtant, j'étais abreuvé de faits très précis : le prénom, le nom, l'âge, les difficultés… Rien. C'était quand ? Ai-je fini par demander. Après réflexion, la maman déduisit que j'avais eu sa fille pendant deux ans, il y avait de cela trois ans. À peine un an après la fin du soutien, j'avais tout oublié, impardonnable !

Oublier n'est rien, mais c'est surtout ce que cela signifie. Car finalement, pourquoi oublie-t-on ? Si l'on oublie, c'est que ce n'est pas important. Si l'on oubli votre prénom, cela peut vous vexer. Vous vous direz, « Eh bien, il ne se souvient même pas de mon prénom. » Alors, de quoi peut-il bien se souvenir ? Pourtant, on oubli des choses importantes, voire essentielles et on se souvient de futilités. Alors on n'oublie pas forcément parce qu'on s'en fout. Non, on oublie pour passer à autre chose, pour faire de la place, pour libérer l'esprit, bref, oublier parce qu'on s'en fout, ça serait pas mal, mais ce n'est pas évident du tout. Je crois bien avoir compris une chose, c'est qu'on n'oublie pas sur commande. Un jour on s'aperçoit qu'on a oublié. Et pour s'en apercevoir, il faut avoir déjà oublié.

L'oubli a quelque chose de l'ordre de l'irréparable, quand on s'en aperçoit, et bien c'est fait, c'est oublié. Pourtant, l'oubli n'est pas méchant, ni prévenant, il est là, il nous suit, il se fait discret, mais en permanence, il fait le ménage, il tri à sa façon. Il doit penser bien faire, il a son utilité l'oubli, il est subtil, on ne comprend pas forcément la finesse des choix, de ce qui meurt, de ce qui survit. L'oubli nous façonne au même titre que la mémoire. Finalement, je suis mes souvenirs et mes oublis. Si demain, je me mettais à me souvenirs de tous les prénoms des gens que je côtoie, de leur date d'anniversaire, de leur dessert favori… Je ne me reconnaîtrais plus et tous ces gens se demanderaient bien ce qui m'arrive.

Malgré tout, l'oubli, ça fait quand même sacrément peur.

LE CORBEAU (AMNESIQUE) ET LE RENARD (DEÇU).

Après toutes ces années à se percher sur le même arbre avec son éternel fromage, je me suis dit que le corbeau de la fable, pourrait bien, l'âge aidant, avoir un trou de mémoire. Que se passerait-il alors ? Et bien la fable ne serait certainement plus tout à fait la même !

Maître Corbeau, sur un arbre perché,
Avait oublié son fromage
Maître Renard, par l'oubli affecté,
En perdit presque son langage :
« Hé ! Bonjour, vous, le drôle d'oiseau.
Que vous êtes joli ! Bien étrange "zozo" !
Sans souvenir, et sans fromage,
Que feriez-vous sans ce plumage ?
Vous êtes l'amnésique des hôtes de ces bois. »
A ces mots le Corbeau se souvient sans émoi ;
Et pour montrer qu'il est le roi,
Il ouvre un large bec, las, rien ne choit.
Le Renard s'en offusque, et dit : « Mon bon Monsieur,
Apprenez que tout oublieux
Finit bien un jour par se perdre en route :
Apportez-moi un fromage, qu'on le goûte ! »
Le Corbeau, oublieux et déçu,
Fit un gros nœud à son mouchoir, aussitôt perdu.

REMORDS

« Échevelé, livide au milieu des tempêtes, l'œil regardait Caïn. »
Pendant des années, j'ai gardé en mémoire cette phrase d'un
poème de Victor Hugo, dont je ne me souvenais plus du titre.
Qu'à cela ne tienne, en quelques clics, je retrouve ce magnifique
poème sur internet : « La conscience. » Et curieusement, une
seule chose m'obsède, retrouver cette phrase, que j'imagine
tout d'abord au début du texte. Un texte que j'ai certainement
découvert en cours de français au collège. Et là, déception, il y
a bien une phrase qui ressemble à la mienne, mais pas
exactement. En fait les trois premiers vers commencent ainsi :
Lorsqu'avec ses enfants vêtus de peaux de bêtes,
Échevelé, livide au milieu des tempêtes,
Caïn se fut enfui de devant Jéhovah…
Ma déception est d'autant plus grande, que dans mon souvenir,
concocté à la sauce oubli, l'œil arrivait assez vite dans cette
histoire. Il ne pouvait être que dans les deux ou trois premiers
vers. Pas du tout, il faut attendre patiemment le dixième vers,
pour rencontrer enfin cet œil, véritable héros de cette histoire.
Ayant levé la tête, au fond des cieux funèbres,
Il vit un œil, tout grand ouvert dans les ténèbres…
Dix phrases, ça me semble impossible, mais soit, admettons. Je
poursuis ma lecture, à la recherche de : « Et l'œil regardait
Caïn ». Seconde déception, il faut aller à la fin du texte pour
trouver quelque chose d'approchant :
Quand il se fut assis sur sa chaise dans l'ombre
Et qu'on eut sur son front fermé le souterrain,
L'œil était dans la tombe et regardait Caïn.
Et là je mesure l'énorme raccourci qui s'était opéré dans les
arcanes de mes circuits neuronaux. Certes, Victor Hugo est bien
plus habile dans son récit et dans le rythme qu'il impose dans
ce magnifique texte, mais c'est un peu comme si j'avais en tête
un refrain qui n'existerait pas. Je suis un peu démuni, mais dans
le même temps, je redécouvre cette histoire, et curieusement,

elle résonne particulièrement dans mon esprit pour en faire ressurgir certaines traces émotionnelles ensevelies sous le poids extravagant des années.

Ainsi je me souviens que Caïn était le frère d'Adam, et qu'il l'avait tué. Pourquoi ? Mystère je ne me rappelle de rien, une sombre histoire de jalousie certainement. Le doute s'empare de moi, était-ce bien Adam ou Abel. À bien y réfléchir, je pense finalement que Caïn et Abel sont les fils d'Adam, et Caïn est bien le meurtrier de son frère.

Après vérification, il s'avère que Caïn et Abel sont bien frères et enfants d'Adam et Ève. Et Caïn au caractère volcanique et jaloux, n'acceptera pas que son frère obtienne la préférence de Dieu, d'où le premier fratricide de l'humanité. Mais dans mon oubli, le plus intéressant à mes yeux, n'est pas vraiment là, bien qu'à l'époque où je découvre ce poème, j'étais assez sensible aux histoires bibliques et à leur côté extraordinaire, voir magique. Non, ce qui me revient assez bien, c'est l'étrangeté que constituait cet œil pour moi. Je le trouvais à la fois étrange et inquiétant, et ne comprenais pas vraiment la métaphore, qui pourtant se trouve dans le titre.

Le ou la prof de français, m'avait dit : « c'est le remords ». Curieusement, cette explication m'avait conquis, j'ai compris à ce moment-là que les remords peuvent nous poursuivre jusqu'à la mort. Et ça, c'était vraiment très inquiétant, aujourd'hui on dirait flippant. Alors oui, j'allais au catéchisme, j'étais dans une école privée, j'ai fait mes deux communions, et j'étais certainement dans une période un peu mystique, comme on peut l'être à cet âge-là. Ce dont je suis certain aujourd'hui, c'est que cet œil m'a particulièrement inquiété. Ce que je découvre avec un certain étonnement, c'est que ce texte m'a sûrement marqué, alors qu'il peut paraître rébarbatif à un gamin de collège. Je ne sais plus comment j'ai vraiment vécu cette lecture, je pense que j'ai dû trouver ça particulièrement pénible, peut-être fallait-il l'apprendre par cœur, je ne me souviens plus. Mais c'est un texte assez long et j'imagine qu'on avait certainement trouvé les cours un peu ennuyeux.

Pourtant en le relisant je le trouve excellent et notamment les rythmes et les images qu'il véhicule. Malgré tout, j'ai très certainement été sensible aux mots, à l'habileté sans conteste de l'écrivain, en tout cas je me plais à le penser. Se pourrait-il que ma petite tête de gamin de sixième ait été sensible à cette littérature de haut vol ? Vu d'ici l'idée est séduisante, malheureusement je n'en saurais jamais rien. Mais il reste néanmoins une trace intangible : ces souvenirs approximatifs que j'ai conservés jusqu'ici, ces vers plus ou moins déformés, dont j'aime bien ressentir la présence ésotérique, le rythme si particulier.

Échevelé, livide au milieu des tempêtes, l'œil regardait Caïn.

Les personnages et les évènements rapportés dans les lignes qui vont suivre, peuvent paraître purement fictionnels, pourtant tout est bien réel. Toute ressemblance avec une fiction déjà créée par le passé serait donc parfaitement fortuite.

Le 6 décembre 1989, Alain Brunet est étudiant en psychologie, le Québec connaît alors la pire tuerie scolaire de son histoire. Un homme de 25 ans tue quatorze élèves filles de Polytechnique Montréal au nom d'un combat antiféministe, avant de se donner la mort. « J'ai été frappé par le peu de connaissances que l'on avait du stress post-traumatique, qui était pourtant répertorié dans le DSM — la classification nord-américaine des maladies mentales — depuis 1980 » se souvient-il. Quelques années plus tard, en stage postdoctoral à San Francisco, il assiste à une conférence du Californien Larry Cahill. Grâce à des expériences chez des sujets sains, le chercheur américain a montré que la prise de Propranolol — un médicament ancien utilisé notamment en cardiologie — réduit l'intensité de souvenirs émotionnels sans affecter celle de souvenirs neutres. Le Canadien est fasciné, tout comme Guillaume Vaiva et François Ducrocq, deux jeunes psychiatres français qu'il a rencontrés à la fin des années 1990 au Texas lors d'un congrès.

Les approches sont différentes de part et d'autre de l'Atlantique, le stress post-traumatique n'est pas perçu ni traité de la même façon. En Père, il s'agit surtout de l'affaire des psychiatres et des militaires. L'approche psychanalytique montrait ses limites. Côté américain, l'approche se veut plutôt cognitivocomportementale, mais avec des cas de rechute assez fréquents.

Les trois chercheurs sont alors tentés d'utiliser le Propranolol en prévention chez des sujets ayant été exposés à un évènement traumatisant. L'étude aura lieu sur des personnes ayant été exposées aux attentats de 1995. L'association : médicament et psychothérapie s'avère très fructueuse, des résultats très encourageants sont publiés en 2003. Un petit bémol cependant, le médicament doit être pris dans les deux à cinq heures qui suivent l'exposition. Ce qui rend le traitement impossible à réaliser dans la pratique.

Une autre rencontre va ouvrir de nouveaux horizons : celle de Karim Nader, un chercheur de McGill qui vient de découvrir qu'un souvenir consolidé — passé dans la mémoire à long terme — n'est en fait pas « marqué au fer rouge » comme on le pensait jusqu'alors. « À chaque fois qu'on se le remémore, il doit être consolidé de nouveau. » Cela signifiait qu'il était possible d'intervenir sur un souvenir traumatique chez des patients avec un État de Stress post-traumatique constitué. L'étude se fera au Canada. Alain Brunet envisage d'abord de recruter des vétérans canadiens, d'autant qu'il coordonne un programme national de recherche sur cette population. Mais le projet est refusé. « Nos travaux faisaient peur, les gens pensaient qu'on effaçait la mémoire », assure le chercheur. L'essai est finalement conduit chez des civils. « Dès 2005, j'avais la preuve que cette approche était pertinente chez 19 patients. Mais cet article, qui est aujourd'hui mon papier le plus cité, a été le plus difficile à publier de ma carrière : il a fallu trois ans », s'amuse-t-il. Depuis, Alain Brunet a confirmé ses résultats lors d'autres études, menées notamment avec des collègues de Boston et de Toulouse, et plus récemment au Népal. « Les symptômes diminuent de 50%, et deux tiers des patients ne remplissent plus les critères de l'ESPT en fin de traitement. C'est aussi efficace qu'un an de psychothérapie, ou des mois d'antidépresseurs. » Aujourd'hui, une étude de grande ampleur est lancée. La méthode Brunet a été présentée dans le cadre de Paris MEM, une étude qui va tester cette stratégie chez des centaines d'individus souffrant d'ESPT, principalement dans les suites des attentats du 13 novembre 2015.

Impatient, Alain Brunet voit déjà plus loin. « Le succès de notre traitement au Népal montre que cette approche est transculturelle et pourrait avoir une portée universelle. On peut aussi l'envisager pour d'autres pathologies où la mémoire émotionnelle joue un rôle central : les toxicomanies, dont la dépendance à l'alcool, les phobies... » Avec cette chimiofacilitation d'une psychothérapie, Alain Brunet est à l'origine d'un changement de paradigme en psychiatrie, affirme Guillaume Vaiva. Cette approche se développe désormais avec d'autres molécules que le Propranolol, comme les corticoïdes. Quelques fois, oublier est synonyme de réparer, neutraliser les émotions, pour ne garder que l'information, désincarner la mémoire pour ne plus souffrir, ne plus subir. De là à penser qu'on peut bricoler le cerveau comme on réinitialise un ordinateur... Fiction ?

Tiré du supplément « Sciences et Médecine » Le Monde Mai 2017.

JEU DE L'OUBLI

Tableaux de jeu :

1 Dé	PREMIERE	2 Dés	SECONDE
1	J'ai oublié	7	Ma date de naissance,
2	J'oublierai	8	Toutes ces années,
3	Tu oublieras	9	De faire la vaisselle,
4	Tu as oublié	10	L'huile d'olive,
5	J'oubli	11	D'oublier,
6	Tu oublis	12	Tout,

1 Dé	TROISIEME	2 Dés	QUATRIEME
1	Mes clés, et mon parapluie.	7	Et bien on s'en fou on ira à la pêche.
2	Et les réveillons interminables.	8	Tant pis, on s'endormira nus sur une plage du Pacifique.
3	Et d'éteindre la lumière.	9	Bon et bien on n'en fera pas une maladie
4	Et les pommes de terre.	10	Ok, on ira au resto chez Yvonne.
5	Et de ne pas aimer.	11	Par contre la vie est trop courte, ça, on ne peut pas l'oublier.
6	Les hauts et les bas.	12	Et alors, si on oubli, c'est pour mieux se souvenir.

Comment jouer au jeu de l'oubli ?
Rien de plus simple, il faut :

- <u>Matériel</u> : Deux dés

- <u>Nombre de joueurs</u> : Au moins deux joueurs, mais on peut aussi jouer tout seul.

- <u>Durée</u> : ça peut être très long. Plus c'est long, plus on oublie, c'est le but finalement.

- <u>Déroulement</u> :
  - Lancer les dés pour déterminer quel joueur démarre la partie.
    - Le premier joueur lance un dé, le deuxième joueur note le résultat sur sa feuille de jeu.
    - Puis il lance deux dés et le deuxième joueur note le résultat à la suite sur sa feuille de jeu.
    - Le joueur relance de la même façon un dé, puis deux dés, et le deuxième joueur note les résultats.
    - À l'aide des tableaux ci-dessus, on obtient ainsi une phrase que le premier joueur lit à haute voix. Pour cela, il aura mémorisé les chiffres obtenus en lançant les dés. Le deuxième joueur vérifie à l'aide de sa feuille de jeu, si son adversaire ne s'est pas trompé. Dans ce cas, le premier joueur marque un point. En cas d'échec, il a zéro point.
    - Puis c'est au tour du deuxième joueur qui procède de la même façon.
    - Pour la deuxième manche, le premier joueur lance les dés, mais cette fois-ci, il doit à nouveau répéter la phrase obtenue au tour précédent, et y ajouter la deuxième phrase. En cas de réussite, il marque deux points, s'il ne se souvient que d'une phrase, un point.
    - Et ainsi de suite.
    - Le gagnant est celui qui a mémorisé le plus de phrases.

- ○ <u>Un exemple</u> : Lucie et Martin jouent au jeu de l'oubli. Lucie démarre le jeu, elle a obtenu : 3-10-6-9, combinaison que Martin note sur sa feuille de jeu. Lucie doit dire à haute voix : « Tu oublieras l'huile d'olive, les hauts et les bas. Bon et bien, on n'en fera pas une maladie. » Martin vérifie la réponse de Lucie, et joue à son tour. Ainsi de suite.

L'intérêt de ce jeu réside dans le fait qu'il est impossible, pour un humain doté d'un cerveau respectant les normes en vigueur, de mémoriser toutes les combinaisons, puisqu'au total il existe : 1296 phrases différentes.

Cependant, imaginons qu'un petit malin mémorise le tableau, avec chaque numéro associé à son morceau de phrase, alors il pourrait certainement sortir la bonne combinaison pour chaque nombre obtenu au lancé de dés.

Ne perdons pas de vue l'objectif de ce jeu, il permet de tester ses capacités d'oubli. D'ailleurs, idéalement, le joueur gagnant devrait être celui qui a le plus oublié, mais vous comprendrez aisément que la tentation de tricher serait trop forte, et fausserait considérablement les résultats. C'est regrettable, car je pense que j'aurais de bonnes chances de gagner. Néanmoins, rien n'empêche de réaliser un classement en fin de partie, allant du jouer ayant le plus de mémoire, à celui qui en a le moins. Ce dernier obtiendrait donc le titre de « champion de l'oubli » par exemple. Je laisse à votre imagination toute liberté pour modifier les règles, rajouter des phrases, utiliser des dés à douze faces…

CQFD

Nos cerveaux étant de plus en plus massivement connectés à des écrans omniprésents, la fonction : « Mince j'ai oublié le nom de l'actrice dans Titanic… », (ou autre question tout aussi essentielle), prend une importance toute particulière. Le premier qui dégaine son smartphone et donne la réponse obtient des « Ah ! Ouiiiiii !!! » de satisfaction, auxquels il peut renvoyer un sourire satisfait, sous-entendu : « T'as vu, tu poses une question, j'ai la réponse. Facile ». En quelques clics, l'oubli est réparé, la mémoire est victorieuse.

Imaginons un monde sans artifice informatique, sans tablettes, sans smartphones, sans ordinateurs… Imaginons que parmi les personnes présentes, plus personne ne se souvienne de l'actrice qui joue dans Titanic. Un tel monde a-t-il un jour existé ? Allez-vous me demander. Et bien si je me souviens bien, je crois bien avoir connu un tel univers, aussi étrange que cela puisse paraître. À cette époque lointaine, la recherche du nom de l'actrice de Titanic pouvait durer plusieurs heures, ne pas aboutir, tomber dans les oubliettes, la discussion passant à un autre sujet, comme : « Et tu te rappelles de la chanson : Un tout petit bikini, c'est de qui déjà ? ». Seuls les cerveaux pouvaient résoudre ce type de question. Où trouver la réponse ? Une encyclopédie, un livre spécialisé sur les chanteurs de variété ? Il y avait une encyclopédie particulière, utilisant des entrées originales qui permettaient éventuellement de répondre à ce type de question, c'était le Quid. Mis à jour chaque année, en un seul volume, supplanté aujourd'hui par internet.

En ces temps reculés, que les moins de vingt ans n'ont pas connus, l'oubli était roi. Il avait sa place, il détenait le pouvoir. Quelques fois il se laissait faire, « ça y est je me rappelle, Grease c'était John Travolta et Olivia Newton-John. » Mais si un petit malin rajoutait : « C'était en quelle année déjà ? », ou « Le réalisateur, c'était… ?? » ou encore : « Qu'est-ce que c'était déjà la chanson hyper connue qu'ils chantaient tous les deux ? »…

Alors l'oubli reprenait ses droits, imposait sa stature, jubilait de sa force, de son impunité, de son pouvoir absolu. Tel un monarque de l'Ancien Régime, il dictait sa loi, c'était le « Boss ». Aujourd'hui, les datas, les moteurs de recherches, les algorithmes de plus en plus puissants, donnent du fil à retordre à ce puissant destructeur de mémoire. Qui a composé la musique de « Ma sorcière Bien aimée ? » Howard Greenfield et Jack Keller, merci Wikipédia, en moins d'une minute, la réponse tombe implacable, et en plus on peut rajouter que l'actrice s'appelait : Elisabeth Montgomery et l'acteur, Dick York. L'oubli est terrassé, les cerveaux soulagés, la mémoire prend sa revanche. C'est une révolution, qui a commencé avec l'écriture, mais qui maintenant, permet de retrouver à peu près tout, y compris l'inutile, surtout l'inutile, n'importe où, et de façon quasi instantanée.

Ainsi une soirée, peut prendre une tournure toute particulière. Lucie ne se rappelle plus d'où vient la phrase : « J'y pense et puis j'oublie, c'est la vie, c'est la vie ». Théo lance une recherche sur son téléphone, et lance triomphant : « Et moi et moi et moi, de Jacques Dutronc ». Lucie le regarde avec de grands yeux, visiblement surprise. « Mais non, c'était pas plutôt… comment il s'appelle déjà ? Il chantait… mince c'était quelque chose du style tralala c'est les Dalton… ». Théo, qui est formel lance une recherche, il ne trouve rien, c'est Carole qui trouve la première sur sa tablette : « Les Dalton, de Joe Dassin, et c'est tagada, pas tralala. »

En fin de soirée, après de nombreux oublis battus en brèches, triturés, ramenés à la surface et aussitôt laissés là, ignorés et délaissés, pour mieux regagner les profondeurs amnésiques où ils séjournaient tranquillement, la conversation s'est orientée vers d'autres horizons. « Waterloo » vient de s'écrier Théo en brandissant son smartphone. Les archéologues de l'oubli poursuivent leurs fouilles sans vergogne, juste pour le sport, histoire de se souvenir et d'oublier dans la foulée.

Quelques fois, je me dis qu'il serait plus raisonnable de ne pas trop déranger les souvenirs oubliés, après tout, s'ils se sont laissés enfouir dans les zones inaccessibles de notre mémoire, c'est certainement là qu'ils devaient finir un jour. Pourtant cette envie de savoir, qui pousse à chercher, coûte que coûte, avec ou sans smartphone, est quelquefois la plus forte. Elle n'est pas toujours guidée par la nécessité absolue de retrouver une information vitale, comme le code d'accès de ma boîte mail par exemple, ou plus embêtant, la date de naissance de ma compagne (tête de linotte). Chercher n'a le plus souvent d'autre but que celui de trouver.

Ainsi oublier, c'est se donner l'occasion de retrouver, mais c'est surtout le prétexte à rechercher. Étant donné que j'oublie en permanence, je cherche en permanence ce que j'ai bien pu oublier. CQFD.

LE QUIZ DE L'OUBLI

Il y a de fortes chances, qu'à ce stade de votre lecture, vous ayez oublié une bonne partie de ce que vous avez lu depuis le début de ce livre. Tout mémoriser nécessiterait d'engranger plus de 45 213 mots, ce qui correspond à peu près à 225 083 caractères et plus de 859 paragraphes. Voilà qui donne le vertige. Alors, ne parlons même pas des trois ou quatre derniers livres que vous avez lus avant celui-ci, et encore moins de ce que vous lirez ensuite. Un petit quiz s'impose donc.

N°	QUESTIONS	REPONSES
1	La recette de la poudre à canon est :	○ Soufre + cuivre + salpêtre. ○ Salpêtre + soufre + charbon de bois. ○ Charbon de bois + soufre + sel
2	Le premier chat de l'auteur s'appelait :	○ Alfred ○ Jonas ○ Junior
3	Votre premier chat (ou premier chien, ou premier poisson rouge...) s'appelait : (ce n'est pas dans le livre, donc il s'agit bien de votre chien, ou chat...)	
4	Au collège, le surveillant général a dit à l'auteur au moment de remplir son carnet de correspondance :	○ « Cours ça ne prend pas de t, sauf si ce n'est pas assez long. » ○ « Cours ça prend un s, même s'il n'y en a pas. » ○ « Cours, sans e, vous n'allez pas à la chasse, que je sache »

5	La nouvelle dans laquelle le personnage nommé Lucie, suit un programme de réinitialisation mnésique, se déroule en :	○ 2050 ○ 2055 ○ 2056
6	Qu'a donc perdu le campagnol du Midwest américain ?	○ Ses clefs ○ La mémoire spatiale ○ La mémoire immédiate
7	Depuis quand ne croyez-vous plus au Père Noël ? (Là non plus ce n'est pas dans le livre, alors un petit effort de mémoire...)	
8	« L'oubli c'est peut-être aussi ce à quoi on n'a pas encore pensé, alors que tous les éléments sont là. » Cette phrase est de :	○ Lionel LAFAYE ○ Marcel PROUST ○ Stefan ZWEIG
9	« Les petites femmes de Pigalle » est une chanson de :	○ Jacques DUTRONC ○ Serge GAINSBOURG ○ Serge LAMA
10	Quel est le titre du premier livre que vous avez lu.	
11	Quel philosophe a dit « Qui a appris à mourir a désappris à servir. »	○ Montaigne ○ Aristote ○ Platon
12	Laquelle de ces fleurs dégage une odeur évoquant le sperme ?	○ Fleur de châtaignier ○ Fleur d'érable ○ Fleur d'acacia

13	Que fait le corbeau à la fin de la fable : Le corbeau (amnésique) et le renard (déçu) ?	○ Il s'envole, déçu et oublie sa déconvenue ○ Il fait une pirouette et fait ses besoins sur le renard qui s'enfuit ○ Il fait un nœud à son mouchoir
14	Dans la nouvelle se déroulant en 2056, Lucie est perturbée par une odeur de parfum qui fait revenir des souvenirs à la surface. Le nom de ce parfum est	○ Try to remember ○ Remember ○ <u>Remember me</u>
15	Dans le roman de Cervantes, Don Qui Chotte compose une potion pour vaincre la mort. Le nom de cette potion est :	○ Potion de Grosbras ○ Potion Trègrosbras ○ Potion de Fierabras
16	Si vous avez tenu jusque-là, alors vous pourrez aussi donner la composition de la potion précédente :	○ Huile, vin, sel romarin ○ Vinaigre, jus de viande, thym ○ Huile, vinaigre, ail, sel

SOLUTIONS QUIZ DE L'OUBLI

N°	QUESTIONS	REPONSES
1	La recette de la poudre à canon est :	○ Soufre + cuivre + salpêtre. ○ Salpêtre + soufre + charbon de bois. ○ Charbon de bois + soufre + sel
2	Le premier chat de l'auteur s'appelait :	○ Alfred ○ Jonas ○ Junior
3	Votre premier chat (ou premier chien, ou premier poisson rouge...) s'appelait :	
4	Au collège, le surveillant général a dit à l'auteur au moment de remplir son carnet de correspondance :	○ « Cours ça ne prend pas de t, sauf si ce n'est pas assez long. » ○ « Cours ça prend un s, même s'il n'y en a pas. » ○ « Cours, sans e, vous n'allez pas à la chasse, que je sache »
5	La nouvelle dans laquelle le personnage nommé Lucie, suit un programme de réinitialisation mnésique, se déroule en :	○ 2050 ○ 2055 ○ 2056
6	Qu'a donc perdu le campagnol du Midwest américain ?	○ Ses clefs ○ La mémoire spatiale ○ La mémoire immédiate

7	Depuis quand ne croyez-vous plus au Père Noël ?	
8	« L'oubli c'est peut-être aussi ce à quoi on n'a pas encore pensé, alors que tous les éléments sont là. » Cette phrase est de :	○ Lionel LAFAYE ○ Marcel PROUST ○ Stefan ZWEIG
9	« Les petites femmes de Pigalle » est une chanson de :	○ Jacques DUTRONC ○ Serge GAINSBOURG ○ Serge LAMA
10	Quel est le titre du premier livre que vous avez lu.	
11	Quel philosophe a dit « Qui a appris à mourir a désappris à servir. »	○ Montaigne ○ Aristote ○ Platon
12	Laquelle de ces fleurs dégage une odeur évoquant le sperme ?	○ Fleur de châtaignier ○ Fleur d'érable ○ Fleur d'acacia
13	Que fait le corbeau à la fin de la fable : Le corbeau (amnésique) et le renard (déçu) ?	○ Il s'envole, déçu et oublie sa déconvenue ○ Il fait une pirouette et fait ses besoins sur le renard qui s'enfuit ○ Il fait un nœud à son mouchoir

14	Dans la nouvelle se déroulant en dans un futur proche, Lucie est perturbée par une odeur de parfum qui fait revenir des souvenirs à la surface. Le nom de ce parfum est	o Try to remember o Remember o Remember me
15	Dans le roman de Servantes, Don Qui Chotte compose une potion pour vaincre la mort. Le nom de cette potion est :	o Potion de Grosbras o Potion Trègrosbras o Potion de Fierabras
16	Si vous avez tenu jusque-là, alors vous pourrez aussi donner la composition de la potion précédente :	o Huile, vin, sel romarin o Vinaigre, jus de viande, thym o Huile, vinaigre, ail, sel

RESULTATS DU QUIZ DE L'OUBLI

- **Vous n'avez aucune bonne réponse !**

Bravo ! Vous êtes champion(ne) de l'Oubli avec un grand O ! Néanmoins cette performance est à surveiller de près, à ce stade il peut aussi s'agir d'une pathologie, il serait certainement plus sage de consulter rapidement votre médecin traitant. N'oubliez pas de prendre rendez-vous, et notez bien la date et l'heure. Enfin, je vous encourage à relire ce livre entièrement, et comme vous aurez certainement tout oublié à la deuxième lecture, relisez-le autant de fois que vous voudrez, vous ferez de substantielles économies. N'hésitez pas à en parler autour de vous, il suffit juste de se souvenir du titre et du nom de l'auteur : L'Oubli ! Lionel LAFAYE.

- **Vous avez entre 4 et 6 bonnes réponses.**

Un peu tête en l'air, on pourrait dire que vous avez une mémoire de poisson rouge. Cependant, j'ai appris il y a peu que les poissons rouges vivaient très longtemps, soit une trentaine d'années environ ! Et qu'ils avaient donc une très bonne mémoire. Bref, en termes d'oubli c'est plutôt pas mal, vous n'hésitez pas à faire le ménage cérébral en évacuant le superflu… Enfin superflu, tout dépend, si vous avez oublié la recette de la boisson de Fierabras, ou l'odeur de la fleur de châtaigner, il va falloir revoir vos critères de sélection.

- **Vous avez entre 7 et 12 bonnes réponses :**

Beau score ! Votre mémoire fonctionne plutôt bien, vos capacités mnésiques sont dans la moyenne des performances. Quelques oublis, mais pourquoi pas, l'oubli rend sympathique. On peut vous offrir deux fois le même cadeau à quelques mois d'intervalle sans que vous vous en rendiez compte, c'est vraiment très pratique pour votre entourage. N'hésitez pas à travailler un peu plus vos capacités d'oubli.

- **Vous avez entre 13 et 16 bonnes réponses :**

Respect ! Vos capacités mémorielles sont d'un très bon niveau, rien ne vous échappe, notamment si vous avez réalisé un sans-faute. Attention cependant, ne vous réjouissez pas trop vite, votre capacité d'oubli est quasiment nulle. Vous êtes incollable, impossible de vous berner, votre acuité est remarquable. Faites un petit effort d'inattention s'il vous plaît, entraînez-vous assidument à l'oubli, c'est essentiel pour votre entourage et pour vous. N'oubliez pas que l'oubli est excellent pour la santé, et pour la mémoire notamment. Faites le ménage, dépoussiérez vos neurones. Comme vous avez une mémoire d'éléphant, n'hésitez pas à lire tous les livres de l'auteur et à en parler autour de vous. Attention cependant à ne pas dévoiler les ressorts narratifs des différents ouvrages ou plus simplement, ne « spoilez » pas les histoires, si vous me permettez cet anglicisme massivement utilisé de nos jours.

LE MOT DE LA FIN

Ici s'achève cette réflexion sur l'oubli. Je dois avouer modestement, que je n'ai pas tout retenu de mes propres réflexions, mais là est tout le charme de la démarche. En me relisant, j'ai eu de belles surprises, comme ce passage sur Don Quichotte, je me suis demandé où j'avais bien pu chercher tout ça, ou encore la soupe, et les fleurs de châtaignier. Certains passages m'ont un peu moins convaincus, j'ai un peu élagué, mais j'ai tenu à garder au maximum ce que j'avais mis tant de temps à coucher sur mon écran d'ordinateur. Supprimer du texte, c'est oublier définitivement ! Quelle angoisse !

J'ai aussi hésité à modifier la fin de la nouvelle qui se déroule dans les années 2050. J'ai vraiment pris du plaisir à écrire cette histoire, mais il est vrai que la fin était secondaire pour moi, je me suis plutôt attaché à écrire quelque chose de crédible autour de la gestion médicale de la mémoire.

Finalement, cette réflexion me réconcilie avec l'oubli, je le trouve plus sympathique, moins anxiogène. L'oubli a des vertus, c'est scientifiquement prouvé, alors me voilà rassuré sur mon fonctionnement personnel. En effet, je me situe plutôt dans la catégorie mémoire de poisson (de poisson amnésique).

Notre identité n'est pas composée uniquement de nos souvenirs, fort heureusement, les oublis font partie intégrante de notre intimité au même titre que ce que nous conservons et transformons dans nos multiples mémoires.

Dans une nouvelle de Jorge Luis Borges (1899-1986), Funes ou la mémoire (1942), on peut suivre l'histoire d'un patient, « S », qui après un accident a une mémoire très précise de tous les évènements qui lui arrivent. Cette « hypermnésie » devient insupportable. Destin funeste, en vérité, que celui de ce Funes, alias « S. ».

Voici ce qu'en dit Borges : « *Non seulement il lui était difficile*

de comprendre que le symbole générique chien, embrassât tant d'individus dissemblables et de formes diverses ; cela le gênait que le chien de trois heures quatorze (vu de profil) eût le même nom que le chien de trois heures un quart (vu de face). (…) Il avait appris sans effort l'anglais, le français, le portugais, le latin. Je soupçonne cependant qu'il n'était pas très capable de penser. Penser, c'est oublier des différences, c'est généraliser, abstraire. »
Voilà qui donne à réfléchir, pour penser, il faut oublier, je ne résiste donc pas à faire mienne cette pensée plutôt contre-intuitive et à déclarer sans détour :

J'oublie, donc je suis.

www.ingramcontent.com/pod-product-compliance
Lightning Source LLC
Chambersburg PA
CBHW021046130626
46552CB00005B/2046